Franck Loyat

Sur la montagne

A mes parents qui m'ont offert ce cadeau démesuré
qu'est la montagne

A Métis, Côme et Milo qui ont tant d'occasions
d'arpenter le monde

A François et Pascal V. qui ont involontairement
déclenché l'avalanche

A Bruno, Laurent, Marc, Polé, Pascal L. et Sabrina,
attentifs premiers lecteurs de cordée

L'ours

La ceinture lui brisait les reins et le sang, déjà, lui montait à la tête. Il était suspendu à quatre mètres du sol, accroché à la branche d'un gros pin à la lisière d'un bois qui dévalait un versant de la montagne. La pente était forte et le bois à l'écart de tout sentier. Son regard chavirait vers la cime des arbres qui repoussaient le ciel, tendant leurs branches avec l'énergie d'athlètes en extension.

La veille, craignant la rencontre avec un ours dont il avait vu les griffures sur plusieurs troncs tout le long de la rivière qu'il suivait, il avait décidé de dormir en hauteur, dans un arbre. En contrebas de la piste, il avait repéré ce pin imposant dont une branche quasiment horizontale formait en son milieu une légère courbe bienvenue pour venir se caler. Il avait alors hissé son sac à doc à bonne hauteur, s'était adossé dans le creux de la branche et avait noué sa ceinture rallongée d'une courte sangle autour de lui et de la branche afin de se prémunir d'une chute.

Assez vite, il s'était rendu compte que la nuit allait être totalement inconfortable. L'équilibre était précaire, la branche dure et l'écorce rugueuse. Il aurait mieux valu redescendre et s'aménager une litière de mousse et de feuilles à proximité d'un grand feu. Oui mais voilà, il s'était fait surprendre par la tombée de la nuit. La zone était boisée mais tout était très humide et très vert et collecter suffisamment de bois pour entretenir un feu toute la nuit lui avait paru sur le moment une tâche démesurée. Et c'était pourtant indispensable s'il avait voulu descendre de son perchoir. Il y avait l'ours. Il ne l'avait pas vu mais tout indiquait sa présence. A plusieurs reprises sur des arbres au diamètre conséquent, il avait constaté des traces de griffes sur plusieurs dizaines de centimètres et à plusieurs mètres de hauteur. Quatre griffures parallèles et espacées de quelques centimètres se répétaient le long des troncs formant un motif géométrique et stylisé. Il n'était pas plus peureux qu'un autre mais il était seul, en pleine montagne, accusant la fatigue d'une mauvaise nuit précédente, hachée par les hululements des chouettes et les grognements des sangliers. Prendre le risque d'être réveillé par le contact soudain d'un mufle énorme et humide sur la joue ne l'excitait pas. Il avait donc décidé de prendre un peu de hauteur. Il savait que les ours étaient de bons grimpeurs mais il ne pensait pas constituer une motivation suffisante et avait choisi de toute façon une branche assez épaisse pour l'accueillir mais suffisamment fine pour dissuader un specimen un peu trop entreprenant. Installé sur son arbre comme un baron perché, il avait dû s'assoupir, plutôt longtemps si l'on en jugeait à la lumière naissante qui promettait bientôt l'horizon, et doucement glisser pour finalement se trouver suspendu dans le vide, les reins compressés par une ceinture de cuir.

La douleur commandait d'agir vite. Il jeta ses bras autour de la branche pour soulager son dos et batailla avec la boucle de la ceinture quelques instants et avec une seule main tandis que l'autre continuait à l'assurer au branchage. Cette manœuvre lui prit trop d'énergie et au moment où il réussit à défaire la boucle, il n'avait plus assez de force pour rester agrippé dans les airs, ses bras s'ouvrirent et il chuta. Un groupe de jeunes bouleaux se porta volontaire et lui assura un atterrissage rudimentaire. Il se retrouvait à terre, meurtri, des feuilles plein le froc et d'aussi bonne humeur qu'un ours mal léché.

La décision

Cela faisait déjà deux nuits. Cléon avait pris sa décision sur un coup de tête, presque malgré lui.

Ne pas redescendre. Ne pas rejoindre la vallée, ce monde abîmé, en pleine crise écologique, économique, de conscience en un mot, où peu de choses, jugeait-il, lui convenait vraiment. Sur le moment cela avait pris la forme d'une évidence.

Il était parti pour un week-end de randonnée avec des amis. Deux journées de marche et une nuit sous la tente dans le périmètre rassurant d'un refuge. La montagne était une carte postale, il ne manquait plus que les noms des sommets flottant sur des bannières dans un ciel parfaitement bleu. Ils avaient vu tout ce qu'on est en droit d'attendre. La montée au refuge avait été raide mais régulière, et le couvert du bois avait permis de maintenir une température supportable dans leurs corps peu entraînés tout en leur offrant une galerie de natures mortes bien vivantes dignes d'un musée d'histoire naturelle. Là un pinson, tête en bas piquant une pomme de pin, ici une brèche entre deux hêtres offrant une perspective sur la vallée et au-delà sur la mer tant qu'on y était. Le refuge était posé sur un petit plateau d'altitude à la limite de la forêt. Un torrent traversait et ciselait la terre grasse et molletonnée en contournant de gros rochers gris posés comme des vaches et les vaches, toutes occupées à digérer les fleurs sauvages, jonchaient la prairie comme de gros rochers gris. Plus loin, des pierriers gigantesques semblaient s'élancer vers le haut, chaque pierre escaladant sa voisine, pour reconquérir les sommets dont elles avaient dégringolé et les chamois les parcouraient en zigzags contrariés pour rejoindre une plaque herbeuse qui leur feraient la journée. Du refuge, on avait une vue parfaite sur la montagne qu'il faudrait gravir le lendemain et qui ne semblait attendre que cela. Si elle avait eu de la voix, on l'aurait entendu les supplier de venir, tout de suite, on n'avait pas idée de comment c'était beau de là-haut. Le campement s'était monté dans le plaisir des gestes simples : planter la tente, ramasser des pommes de pin pour le feu et dérouler les duvets dans une tente unique, promesse de blagues et d'odeurs lourdes et puis se frictionner la peau dans le torrent. La bière, prise sur la terrasse du refuge alors que le soleil faiblissait déjà, leurs dessinait des moustaches de vieux montagnards commentant d'une voix fière des souvenirs d'expéditions mémorables. Ils avaient ensuite dévoré leur repas la conscience tranquille, sûrs d'avoir brûlé tellement de graisse dans la montée qu'il était médicalement recommandé de reprendre un peu de fromage. Couchés tôt, avec la satisfaction de pouvoir l'assumer fièrement en gars qui connaissent leur affaire, ils avaient dormi en ayant froid aux pieds et chaud à la tête. Le lendemain, l'ascension du pic s'était faite sous un soleil épatant, aux petits soins pour les réchauffer sans les écraser, et pour donner au paysage sublime toute la palette de contrastes qu'il méritait. Après un passage final un peu raide qui leur permettrait au retour d'avoir leur récit de bravoure, le sommet était comme un podium auquel tout le monde pouvait accéder et où tout le monde se congratulait avec simplicité et bienveillance avant de s'asseoir cinq minutes à l'écart pour contempler le vide et surtout l'horizon, pour voir si d'ici on ne discernait pas mieux le parcours de sa vie, si d'ici, sa cohérence pas toujours évidente ne sautait pas au yeux ou s'il n'y avait pas un détour, qu'on n'aurait pas vu d'en bas, et qui permettrait de contourner l'obstacle.

Bref, tout avait été parfait.

Alors, oui, pourquoi ne pas prolonger cet état de sérénité et profiter de cet environnement idyllique plus longtemps, pourquoi ne pas mettre cette parenthèse en suspension, pourquoi redescendre ? Qu'est-ce qui l'attendait en bas ? Une routine confortable mais dont il n'arrivait pas vraiment à dévier la course, une solitude relative, un monde surtout avec lequel il était de moins en moins d'accord. Et puis c'était l'occasion d'une expérience de nature, d'une aventure.

Le vide

Vivre dans la nature. Vivre avec la nature. Cléon avait toujours eu besoin de la nature, elle avait toujours réussi à l'apaiser et à l'émerveiller. Il ne la limitait pas à un spectacle mais entretenait un rapport intime et, pensait-il, moderne avec elle. Il s'y intéressait sincèrement, s'efforçait de continuellement étendre ses connaissances et sa pratique mais en restant à une échelle modeste et environnementale : cette connaissance et cette pratique commençaient d'abord au pas de sa porte. Il ne recherchait pas forcément l'extraordinaire ou le sublime.

Cela dit, il restait un homme comme les autres, façonné par l'inéluctable dérive des relations entre son espèce et la nature, un lent éloignement, une perte de sensibilité et des attentes au final purement égoïstes. Bien souvent, se disait-il, nous nous désolons de trouver la nature vide, dénuée de toute frénésie, de toute péripétie. Il ne se passe rien de spectaculaire : les roches, les arbres, les plantes sont là, point, les animaux existent également mais se livrent peu. C'est pourtant eux que l'on guette en priorité et qui nous intéressent le plus, parce qu'on les estime plus proches de nous, plus ressemblants. C'est d'abord leur présence qu'on recherche. Le brame du cerf, la migration des milans, la reconquête du loup, autant de manifestations qui nous excitent. Mais la plupart du temps, nos balades se résument à croiser un crapaud écrasé et desséché sur la route ou le trait furtif d'un vague oiseau que nous ne savons pas identifier. Les plus férus de nature vont nous dire qu'il suffit d'observer, qu'avec de la patience et de la connaissance, on se rendra compte que le spectacle est permanent, que tout est bruissant, fouissant, soufflant. Mais c'est là encore, une vision trop centrée des choses. La nature n'est pas là pour nous épater, elle coexiste simplement avec nous. Nous en faisons partie comme elle fait partie de nous. Point barre.

Toutes ces considérations n'enlevaient rien à l'effet que la nature avait sur Cléon. Quand il avait vu une biche, une vraie, au sortir du bois, toute proche - ne nous mentons pas ce n'est pas si fréquent, et ça lui était arrivé - une éclaboussure rousse, une lumière formée, alors, il l'avait pris comme une grâce, il avait eu sous les yeux la preuve irréfutable d'être vivant, de toucher du bois un privilège, de recevoir en cadeau une image ancestrale et puissante. Ça marchait aussi avec un renard surpris dans sa chasse en haut d'une crête ou un escadron de chocards renversant la planète de leurs battements d'ailes. Des clichés sauvages, bien sûr, mais qu'il fallait quand même faire l'effort d'aller les chercher. Merde, tout le monde ne se décollait pas de son canapé.

Mais à ce moment précis, ces considérations lui paraissaient secondaires, il allait vivre dans la nature et en altitude. Il n'avait aucune idée du temps qu'il allait rester. Son équipement était limité, quelques vêtements adaptés à la randonnée, une tente et un duvet passable. C'était la fin de l'été et les nuits étaient déjà fraîches. Il ne disposait pas de matériel pour cuisiner et ses réserves se résumaient à quelques fruits et charcuteries sèches.

Son intention n'était pas de se mettre en mode survie. Il savait que la survie impliquait de passer son temps à chercher à manger pour finir par se noircir les dents en raclant trois racines et rapidement lutter contre la fatigue d'un corps qui a l'habitude de recevoir une becquée riche et régulière.

La montagne était en outre un milieu plutôt pauvre en arbres à saucisses et il n'y connaissait franchement rien en plantes comestibles. Quant à chasser, l'idée ne lui avait même pas traversé la tête. Enfant, il avait usé suffisamment de tire-cailloux pour savoir que les seules cibles qu'il serait capable d'atteindre seraient les panneaux « chasse gardée » et qu'il lui faudrait se rabattre inévitablement sur la capture des sauterelles. Leurs corps libéraient un sang jaune semblable à du pus lorsqu'on les pressait. Il en avait fait l'expérience, enfant, se délectant à plusieurs reprises de sandwichs sauterelle-oseille-moutarde qu'il engloutissait caché au fond du jardin. Mais il n'était plus un enfant et l'idée maintenant le dégoûtait.

Il voulait seulement profiter de son temps sans avoir constamment en tête le souci de se nourrir. En fait, il voulait ne penser à rien et laisser les événements venir à lui.

La tecktonik

Il rassembla ses affaires et prit la direction du refuge. Après deux nuits sommaires, la perspective d'un café chaud pris dans le seul angle ensoleillé d'une terrasse le réchauffait d'avance. Il marchait donc d'un pas rapide sur le sentier, faisant valdinguer au passage les petites pommes de pin qui jonchaient le sol. Quelques centaines de mètres plus loin, il entendit des bruits de course et de cliquetis métalliques. Il s'arrêta pour mieux écouter, s'approcha discrètement du bord du sentier qui redescendait en lacets vers une petite combe où proliféraient les gentianes jaunes. Entre les arbres, il aperçut deux silhouettes trottant dans la montée. Instinctivement il se cacha, non qu'il voulût les surprendre ou véritablement les éviter mais c'était un jeu auquel il s'adonnait souvent dans ce type de situation. Il jouait à celui qui sait voir sans être vu, à celui qui décide ou non de révéler sa présence, à celui qui déclenche les événements. Bref, il se prenait pour un démiurge et cela le fit sourire tant cette évocation était démesurée et inadaptée à la situation. A moitié dissimulé derrière un hêtre épais, il tenait plus du vieil indien ou du pisteur, mais là-encore la comparaison était grandiloquente. Il chassa donc ces pensées qui révélaient chez lui des fantasmes naïfs et des images enfantines et se réjouit que personne, dans ce moment précis, ne soit là pour lire dans sa tête.

Il regagna le sentier et reprit nonchalamment sa marche. Entre-temps les deux coureurs s'étaient rapprochés et ahanaient sportivement quelques lacets en dessous. Des pieds à la tête, ils arboraient des équipements techniques : maillots de cyclisme et culottes synthétiques et moulantes, chaussures à bandes vives et semelles de chimiste, gourde quasiment branchée en intraveineuse, grosse montre clignotante au poignet et VTT à suspension atomique harnaché dans le dos. Ils avançaient à une vitesse folle pour des Playmobil. Les couleurs de tout leur attirail étaient systématiquement criardes et vraisemblablement fluorescentes, des mauves, des verts, des bleus, des oranges électriques, aucune chance de passer inaperçus dans la montagne sauf à se retrouver projetés au beau milieu d'une aurore boréale. Leurs corps étaient tout en muscles fins et en poils virils. Leurs casques leur faisaient sur la tête une tortue toute étonnée de gravir les pentes à ce rythme. C'étaient des machines bien huilées et perfectionnées. C'étaient des hommes qui incarnaient la vie saine et la force de la volonté. C'était facile de les considérer avec un peu de dédain en se demandant quelle place était laissée au plaisir, à la contemplation, à la rencontre. Mais en réalité, Cléon enviait leurs carrures et leur gueules sympathiques, leur camaraderie simple et leurs voix assurées. Non, finalement, il n'enviait pas leur voix, elles étaient trop fortes et anéantissaient tous les murmures alentour. C'était tout simplement une autre espèce avec laquelle il cohabitait dans le même espace partageant différemment une même passion pour l'air vif et l'effort récompensé.

Ils échangèrent un rapide bonjour, leur rythme contradictoire interdisant de s'engager dans une conversation plus longue. Et chacun continua sa trajectoire.

Quelques dizaines de mètres plus bas, un objet au milieu du sentier attira son attention. Parmi des cailloux, des brindilles et des trognons de pin sculptés par les écureuils, une grosse montre à cadran électronique et à monture noire palpitait doucement. Dans cet environnement, c'était un concentré de technologie aussi incongru qu'une casserole sur la surface de la lune. Il la ramassa avec une certaine précaution, s'attendant presque à ressentir la pulsation électronique en la saisissant. Il supposait qu'elle avait glissé du poignet ou de la poche d'un des coureurs croisés un peu plus tôt. Ils étaient déjà loin et ses jambes lui déconseillèrent d'essayer de les rattraper. Il aurait pu la laisser en vue au bord du chemin mais rien ne garantissait que son propriétaire se rendrait compte suffisamment tôt de cette perte, ni que la montre serait encore là si jamais il décidait finalement de faire demi-tour. Et au fond de lui il considérait cette montre comme un cadeau du hasard, comme le marqueur de sa journée. Après tout, il avait décrété pour lui-même ne vouloir rien attendre de précis de son périple mais de rester ouvert aux événements. Il avait juste décidé de rester en haut, avec bien sûr l'arrière-pensée d'en prendre, de la hauteur, mais en essayant de rester insouciant. Il doutait d'ailleurs que ce séjour solitaire et rocailleux lui apporte une quelconque clairvoyance. C'était une expérience à coup sûr, une autre manière, aussi brève soit-elle, d'habiter le monde et le temps et donc de cohabiter avec lui-même. Mais cela s'arrêtait là.

Cléon revint à la montre et la considéra comme une proposition. Il inspecta le cadran avec une certaine perplexité. Lui-même ne portait jamais de montre, trouvant suffisamment d'occasions pour savoir l'heure quand il en avait besoin et ne supportant pas cette sensation de menotte au poignet. Les chiffres s'affichaient en gros insistant sur l'heure et la date comme si cela avait une importance déterminante. Aucun bouton ne dépassait sur les côtés. Il caressa l'écran de l'index et la lumière s'intensifia. Un deuxième contact et la distance parcourue apparut vantant l'endurance de son propriétaire. Un troisième contact lui donna l'altitude exacte à laquelle il se trouvait. 2050 mètres. Il monta sur le talus. 2051 mètres. Il fit encore quelques pas en montant. 2053 mètres. Il redescendit. La réaction fut immédiate et la précision diabolique. 2050 mètres. Alors il sut. 2000 mètres, voilà l'altitude en dessous de laquelle il ne descendrait plus. Il adapterait ses itinéraires pour rester au-dessus de cette limite. Oui, cette idée lui souriait de toutes ses dents. Comme Lenny, le héros de Adieu Gary Cooper qui l'avait enthousiasmé. A plusieurs reprises, Lenny décrétait qu'en dessous de 2000 mètres commençait la civilisation et qu'il ne fallait pas y mettre les pieds plus que nécessaire. Quand on y était, on devait se conformer à tout et surtout faire gaffe à ne pas se faire piéger. Tu parles d'une vie. C'est précisément ce dont il voulait s'extraire un moment.

Au-delà de 2000 mètres beaucoup abdiquaient. Les engins mécaniques quittaient rarement le couvert de la forêt. Et la forêt elle-même se raréfiait à cette altitude, seuls les résineux parvenaient encore à s'adapter aux contraintes climatiques mais un peu plus haut, ils devaient renoncer, trop rabougris et malmenés par le vent et le froid. Pour de nombreux randonneurs aussi, ces deux kilomètres constituaient une altitude suffisante. Au-delà, il fallait encore grimper, c'était plus raide, plus rocailleux, plus désertique. Et surtout, c'était autant à redescendre. Alors à quoi bon.

Pour lui, c'était là que la montagne et l'aventure commençaient, là que l'horizon s'ouvrait, là que les chevaux et les vaches s'ensauvageaient et là-aussi que l'on pouvait apprivoiser du regard la faune sauvage. Là enfin que la rencontre redevenait précieuse. A cette altitude, tout était plus rare, l'air et ses congénères et c'est ce qui en faisait sa valeur. En deçà de 2000 mètres, on perdait le silence, on perdait les étoiles, on perdait l'espace. On devait finalement renoncer à trop de choses. Mieux valait rester en haut et faire bien attention de ne pas redescendre. Attention à la dégringolade, un pas de trop ou de travers était vite arrivé.

La montre allait grandement lui faciliter la tâche. En ayant la possibilité de contrôler en permanence son altitude, il éviterait de se retrouver sous la limite par inadvertance. Il avait aussi une carte au vingt-cinq millième mais la lecture des courbes de niveau était fastidieuse et beaucoup moins pratique. La carte lui permettrait en revanche d'identifier facilement les zones qui lui restaient accessibles, de tracer à gros trait ses itinéraires. Il se sourit en pensant à l'absurdité de la contrainte qu'il s'imposait. Comme si, à la moindre erreur de sa part, à la moindre incartade, un coup de sifflet allait retentir et une sorte de gendarme de la montagne surgir pour lui mettre un coup de pied au cul et lui intimer de remonter fissa à l'altitude légale. En fait, il prenait plutôt cela pour un jeu et se sentait excité par une règle simple et unique qui, en contraignant ses déplacements, pouvait paradoxalement lui ouvrir de nouvelles perspectives.

Il sortit immédiatement la carte pour vérifier si le refuge vers lequel il se dirigeait lui était encore autorisé, tout comme le sentier qu'il empruntait pour s'y rendre. A priori, pour le sentier, c'était bon, en revanche, pour le refuge, c'était plus délicat. La piste plongeait légèrement avant l'arrivée au refuge qui reposait lui-même sur une sorte de large replat contre lequel venait se rassembler la forêt avant d'entamer sa descente abrupte vers la vallée. Il faudrait vérifier sur place mais il apparaissait sur la carte que le refuge devait flirter avec la limite des 2000 mètres.

Le refuge

C'était un gros refuge de montagne en pierre grise et aux volets de fer peints en vert. La bâtisse avait l'allure spartiate et dénuée de toute fantaisie d'un baraquement militaire mais ses couleurs lui permettaient, malgré sa masse imposante, de se fondre harmonieusement dans le paysage. Deux parties distinctes composaient l'ensemble. La première, de loin la plus grande, formait un L dont la base s'opposait au nord. L'étage regroupait les chambres tandis que le rez-de-chaussée se répartissait entre la cuisine, la réserve et une grande salle pour les repas. Au sud, une deuxième partie, surélevée par rapport au corps principal du fait de la déclivité du terrain, abritait une salle hors-sac accessible jour et nuit directement depuis l'extérieur. Une sorte de local technique était attenant à cette salle.

Une large terrasse sur deux niveaux longeait tout le bâtiment côté ouest. De longues tables accueillaient des équipes entières de randonneurs heureux de s'y prélasser au soleil de la fin de journée une fois leurs exploits réalisés.

Il s'arrêta à la fontaine pour remplir sa gourde et prendre le temps de mieux étudier la configuration du refuge. Comme il l'avait remarqué grâce à la carte, le refuge se trouvait véritablement à la limite de l'altitude qu'il s'était autorisé. La fontaine elle-même ne dépassait, selon son altimètre, que de trois mètres l'altitude minimale. Et la cinquantaine de mètres qui restait à franchir pour rejoindre la terrasse descendait inexorablement. Il avança à pas prudent pour aborder la terrasse par sa partie la plus haute et en gardant un œil vigilant sur son appareil. On aurait dit un sourcier qui tête basse fouillait le sol de son regard magique pour lire les trajets de l'eau sous la terre. Un fois le pied posé sur la terrasse du haut, il contrôla l'altitude qui affichait pile 2000 mètres. Il s'attendait presque à ce qu'une alarme retentisse pour lui signaler le danger et l'invite à regagner immédiatement des lieux plus sûrs. Il n'osait pas s'asseoir de peur de passer sous la barre fatidique et d'être immédiatement désintégré. En même temps, il ne pouvait rester planté comme un piquet au milieu des tables et du passage. Il s'accouda à la barrière qui fermait la terrasse et feignit d'admirer la vue qui s'offrait à lui pour gagner quelques minutes. Finalement, il glissa la montre dans la poche-poitrine de sa veste polaire considérant qu'il y aurait de toute façon moins d'un mètre entre la position assise et la position debout. Il s'assit donc avec soulagement à une grande table et reconsidéra la situation. De toute évidence, toute la partie basse du refuge lui était inaccessible. L'escalier qui liait les deux terrasses plongeait sous la limite autorisée, ce que lui confirma le petit panonceau fixé au-dessus de l'entrée principale et qui annonçait sournoisement 1999 mètres. Au moins pouvait-il se réfugier dans la salle hors-sac en cas de besoin et profiter de la terrasse supérieure qui n'avait d'ailleurs rien à envier à celle du bas.

Il surveillait d'un œil l'espace d'où il s'attendait à voir surgir un serveur. Il le guettait avec d'autant plus d'impatience que cela s'était joué à un cheveu qu'il ne puisse pas bénéficier de ce moment exquis qui consiste à boire une bonne bière au soleil et face à la montagne après une journée entière à crapahuter. Son regard s'arrêta soudain sur la porte vitrée et il lut « service au bar uniquement » écrit au marqueur épais sur une feuille collée à la vitre. La déception lui fit un clin d'œil et il avala sa salive. Bon sang, il n'allait quand même pas renoncer à la première petite difficulté. Il ne pouvait descendre pour aller au comptoir commander et le comptoir n'allait pas venir à lui. Il lui fallait trouver une autre solution. Autour de lui, les tables se remplissaient petit-à-petit de randonneurs qui revenaient les mains tenant des verres remplis qu'ils couvaient du regard. Un couple vint s'installer à la même grande table rectangulaire que lui et entre deux soupirs de satisfaction commencèrent à échanger sur ce que chacun voulait boire.

Il lui fallait saisir l'occasion et faire vite. Trouver un prétexte pour rester assis tandis qu'ils iraient prendre sa commande. Il les interpella d'une voix aimable et leur demanda s'ils pouvaient leur rendre un service. Les deux jeunes gens le regardèrent, manifestement à son écoute.

- Excusez-moi, je me suis tordu la cheville en redescendant et je sens qu'elle enfle. En tous cas, je sens la douleur monter. Ça vous embêterait d'aller prendre ma commande au bar ?

Il manipulait discrètement un billet dans sa main pour montrer qu'il ne comptait pas vivre à leur crochet même le temps d'un apéritif.

- Oh bien sûr, pas de problème. Qu'est-ce que vous voulez ? répondit aussitôt la jeune femme.
- Euh, deux bières, merci c'est vraiment gentil.

Il lui tendit le billet. Il avait immédiatement décidé de commander deux bières, ne sachant pas si une allait lui suffire, ni s'il aurait l'opportunité de bénéficier une deuxième fois de leur service. Et puis deux bières, cela le mettait à égalité avec eux, cela donnait l'impression qu'on allait le rejoindre. Décidément la pression n'était pas réservée à la bière. Le gars se leva et partit commander.

La conversation s'engagea sur une évocation des itinéraires que chacun avait emprunté dans la journée pour arriver finalement à cette même terrasse. C'était l'entrée en matière classique. On cherchait d'abord à identifier les émotions et les endroits qu'on avait partagés sans le savoir sur le moment. Bref, tout ce qui créait du commun et justifiait les « bonjours » que s'échangeaient systématiquement les randonneurs quand ils se croisaient sur les sentiers. Le gars revint avec un plateau chargé des boissons fraîches qui allaient sceller la rencontre. On trinqua. Et la conversation reprit facilement. C'étaient deux jeunes trentenaires, citadins mais qui s'échappaient chaque fin de semaine vers les sommets. Leurs corps énergiques témoignaient de cette passion commune. Les muscles étaient fins et roulaient avec fluidité sous des vêtements moulants qu'on aurait cru cousus sur mesure, à même la peau. Aux pectoraux saillants de l'un répondaient les seins admirablement dessinés de l'autre. Leurs visages étaient idéalement bronzés et leurs traits agréables bougeaient sans exagération au rythme des sourires de leurs lèvres humides de bière. Ils dégageaient tous les deux un érotisme puissant et troublant. Leurs corps étaient parfaitement accordés et semblaient n'attendre, patiemment mais dans un état d'excitation permanent, que le moment où les conversations se tairaient, où les jeunes amants se déplaceraient dans un endroit propice et où les deux esprits, avec lesquels ces corps cohabitaient, se rendraient compte de leur disponibilité et de leur envie charnelle pour se jeter l'un sur l'autre et se faire tout le bien qu'ils pouvaient. Peut-être, était-ce la bière, descendue assez rapidement, qui orientait ses pensées mais les images se précisaient dans sa tête et tout en maintenant la conversation, Cléon commençait à bander gentiment.

- Et donc, tu penses que tu t'es foulé la cheville ?

La question enraya le déroulé du film qu'il était en train de se faire et le ramena d'un coup vers une tout autre partie de son corps.

- Euh, non en fait, je vous explique, je me suis fixé une règle un peu stupide. Je n'ai pas le droit de descendre en dessous des 2000 mètres d'altitude et comme le bar, là-bas, est juste en dessous de cette fameuse limite, il m'est interdit. Donc pour commander, il me fallait trouver un stratagème et quand je vous ai vus, c'est la première idée qui m'est passée par la tête. Désolé.

La première bière l'avait aidé à avouer d'une traite. Il était un peu gêné de son mensonge, d'autant que la véritable raison pouvait paraître un peu ridicule. Les deux jeunes gens ne relancèrent pas la conversation. Manifestement, cette histoire d'altitude les laissait perplexes. Cela leur semblait quand même un peu puéril. Lui, était vexé que Cléon leur ait menti. Elle, paraissait légèrement peinée, comme si, pour elle, se compliquer la vie comme cela témoignait d'une grande solitude ou d'un grand malaise, en tous cas d'une tare sociale quelconque. Ils le saluèrent poliment et s'en allèrent rapidement. La seconde bière l'aida à ne pas aller plus loin dans sa propre introspection. Pourquoi faisait-il cela ? Qu'est-ce que cela signifiait ? Franchement, il s'en foutait.

Il tourna la tête face au soleil et ferma les yeux. Derrière ses paupières, un ciel rouge et sans étoiles éclata. Cela vibrait d'une énergie contenue. Il profitait de la chaleur solaire qui l'enveloppait et qui s'ajoutait à celle déclenchée à l'intérieur de son corps par la bière et ses pensées lascives. Le sang courait dans ses veines et battait contre ses tempes. Mais la pulsation était douce et confortable. Il était confortablement engourdi.

L'homme sage

Il avait trouvé à proximité du refuge un emplacement où planter sa tente. Le sol était couvert d'une herbe rase et épaisse qui formait un tapis confortable où affleuraient des rochers ronds et vert-de-gris comme le dos de tortues qu'on aurait enfoncées à coups de bottes dans la terre. Il avait pu se ravitailler en croisant l'un des gardiens du refuge dans la salle hors-sac qu'il avait inspectée pensant un moment y passer la nuit. La salle était définitivement peu accueillante, tout en angles durs et en ciment froid. Mais il en était ressorti le sac rempli de boites de sardines et autres pains de figues qui lui permettraient de tenir quelques jours. La nuit était tombée rapidement, figeant la montagne dans un froid qui serrerait toute chose jusqu'au lendemain. A la lueur d'un feu alimenté facilement grâce aux débris des pins, il avait passé la soirée à étudier la carte sur laquelle les flammes projetaient leurs lueurs comme de grands doigts bleus et jaunes qui chacun lui désignait une destination possible.

Il arrêta un parcours qui lui permettait en trois jours de revenir au refuge estimant qu'au-delà de cette durée il se retrouverait à nouveau à court de vivres. L'itinéraire dessinait un large cercle autour d'un sommet assez abrupt mais que l'on pouvait aborder de différents côtés. Au cours de sa randonnée, il aurait donc le choix du moment et de la voie pour tenter la grimpette si cela lui disait. Il lui faudrait quand même au préalable se renseigner un peu sur le degré de difficulté d'une telle ascension. La première étape de sa randonnée allait l'amener à monter régulièrement à travers de vastes alpages jusqu'à un premier plateau qui lui offrirait une vue directe sur le pic. Il se rendrait alors mieux compte à quel genre de bête il avait affaire.

Le lendemain matin donc, Cléon démarra d'un bon pas, heureux de sentir sur ses épaules le poids conséquent du sac qui lui garantissait une complète autonomie pour quelques jours et de démarrer à l'heure où surprendre une bestiole au détour du chemin était plus que probable. Le sentier s'affranchissait assez vite des derniers arbres qui, à court d'air, ne pouvaient pas le suivre et s'élevait en long lacets sur un versant dont l'inclinaison était forte mais régulière. Les lacets dessinaient à travers l'alpage des triangles étirés qui se décalaient au fur à mesure de la montée et évoluaient un peu en contrebas d'une crête ébréchée sur toute sa longueur et qui se maintenait en équilibre sur des à-pics vertigineux surplombant de plusieurs centaines de mètres la vallée. Le sentier entaillait légèrement le flanc de la montagne et se faufilait à travers de grands aplats de fleurs sauvages que les niverolles semblaient coudre d'un fil invisible en bondissant d'un coup d'aile d'un massif à l'autre. Elles plongeaient dans les herbes hautes pour aussitôt s'élever à nouveau et redescendre en cloche un peu plus loin composant une chorégraphie désordonnée mais harmonieuse. Il détacha son regard de ces entrechats emplumés pour le porter plus haut sur le sentier. Une silhouette se découpait au loin. Ce n'était encore, vu la distance, qu'un trait noir brouillon et tremblant dans la lumière rasante du matin. Il continua sa marche et gagna rapidement du terrain. Ce randonneur marchait particulièrement lentement, à certains moments, on avait l'impression qu'il faisait du sur-place voire qu'il descendait la montagne à reculons. Pourtant, il avait de grandes jambes et une allure plutôt athlétique. Il n'avait qu'un seul bâton de marche avec lequel il tapotait le sentier devant lui. Dans un virage, le sentier poussait avec détermination jusqu'à la crête pour proposer un point de vue sublime sur le vide et la vallée repoussée au loin par les charges puissantes et successives des vagues terrestres. Le randonneur s'arrêta face au panorama et semblait comme l'attendre. Cléon le rejoignit bientôt et s'arrêta à son tour pour admirer en contrebas ce jeu de plissures aux reliefs infinis.

Le randonneur était déjà un vieil homme même si son corps élancé et son maintien tenu dénotaient une forme et une force physiques encore vigoureuses. Son regard était tendu droit devant lui. Bizarrement, il portait des genouillères et des gants renforcés au niveau de la paume et sur le dessus des articulations comme si une fois en haut il allait dévaler la pente en roller. Il était assis sur un rocher qui invitait à la pause en bord de falaise. Son bâton était posé à ses côtés et brillait d'une blancheur intrigante. Cléon se demanda, sans pouvoir y croire, s'il n'était pas aveugle.

- C'est vraiment somptueux, n'est-ce pas ?
La voix du randonneur était claire et amicale. Il avait tourné la tête vers lui et le regardait à travers des lunettes rondes dont le verre était complètement réfléchissant.
- C'est sûr... c'est le genre de point de vue qui vaut la peine de venir jusqu'ici.
Cléon s'approcha du marcheur et déposa son sac à dos à terre. Après tout, une petite pause avant de poursuivre était une bonne idée. A partir de là, le sentier allait se raidir et les lacets se raccourcir. La montée resterait régulière mais exigerait un effort soutenu pendant une bonne heure encore avant d'aborder le bord du plateau. Il sortit sa gourde et quelques figues sèches et en proposa au randonneur.
- Vous en voulez quelques-unes ?
- Qu'est-ce que c'est ?
Le vieil homme n'avait pas bougé la tête et ne manifestait aucune intention de se saisir du paquet de figues qu'il lui tendait.

- Excusez-moi, mais je suis non-voyant, pouvez-vous me dire de quoi vous parlez ?

- Oh, ce sont juste des figues sèches mais elles sont très bonnes.

Le randonneur tendit le bras approximativement dans sa direction. Et Cléon lui déposa le paquet dans la main.

- Excusez-moi mais vous allez jusqu'où ? reprit Cléon

- Je monte jusqu'à la cabane des Milles. Vous connaissez ? Elle est un peu au-dessus. Elle sert encore de temps en temps aux bergers. Une petite cabane de pierres posée sur le plateau. C'est un endroit vraiment très beau. La vue s'ouvre sur tous les côtés.

- Je ne connais pas encore mais je vais forcément y passer tout à l'heure.

Cléon hésitait à lui poser les questions qui le démangeaient. Pourquoi rechercher ce genre d'endroits quand on est aveugle ? N'était-ce pas risqué de se balader en montagne comme cela ? Mais le vieil homme reprit.

- Évidemment, la vue aujourd'hui, je n'en profite pas de la même manière, mais je la sens, je sais qu'elle est là. Je sens l'immense masse d'air qui commence à quelques pas de nous au bord de la falaise comme un supplément de ciel, je sens les jeux d'ombres projetées des nuages qui animent les forêts d'en bas, je sens la succession des crêtes qui dessinent la peau de notre monde. Et puis bien sûr, j'ai les souvenirs de ce que j'ai vu. Surtout ici, où je suis déjà tellement venu. Mais la mémoire n'est ni fidèle, ni stable. Et aujourd'hui, je préfère sentir qu'imaginer.

- Mais n'est-ce pas un peu dangereux d'arpenter la montagne comme cela ?

- Vous savez, je connais chaque virage de ce sentier. Il est régulier et bien tracé. Je fais l'aller-retour dans la journée et je ne suis jamais vraiment seul. Je croise toujours quelqu'un à la montée comme à la descente. Et puis, à cette altitude, la solidarité montagnarde n'est pas qu'une posture. Je sais que je trouverai de l'aide en cas de besoin. Bien sûr, il y a toujours une pierre, plus ou moins scélérate, qui a atterri au milieu du chemin ou le pied qui, dans un instant d'inattention, vient buter contre le talus. Cela m'a déjà valu une ou deux gamelles et les marmottes s'en souviennent. D'où mon équipement ! il sourit en me tendant la paume de ses mains montrant les protections noires que j'avais déjà remarquées. A défaut d'être seyant, c'est sécurisant et cela m'a évité quelques bonnes égratignures même si le moment où on perd l'équilibre reste un peu angoissant. C'est vite fait de se casser un poignet ou de se tordre une cheville quand on tombe de sa propre hauteur sans avoir aucune idée de la manière dont on va atterrir. Mais le plaisir de venir ici est trop fort. Et puis c'est une promesse...

Le vieux se tut un instant. Cléon hésitait à le relancer, partagé entre la curiosité et une certaine retenue. En même temps, il lui semblait impoli de ne pas manifester un intérêt pour cette promesse que le vieux avait laissé comme à dessein en suspension dans sa phrase.

- Et à qui avez-vous fait cette promesse si ce n'est pas indiscret ?

- A moi-même. J'ai eu un accident de voiture avec ma femme il y a plusieurs années maintenant. Cela lui a coûté la vie et cela m'a coûté la vue. Les médecins ne s'expliquent pas vraiment comment. Bien sûr, l'accident a provoqué une hémorragie vitréenne et un décollement de la rétine qui ont déclenché la cécité. Mais ils soupçonnent que c'est aussi le choc émotionnel qui l'a rendu définitive. Une manière de refuser de voir un monde sans elle, vous comprenez ? Cela ferait un beau sujet pour un roman de gare, vous ne trouvez pas ? J'avoue que je trouve cette idée un peu stupide. Évidemment qu'elle me manque, évidemment que j'aurais préféré que cet accident n'ait jamais lieu. Mais franchement je préférerais quand même retrouver la vue ! Ne serait-ce que pour chercher les champignons, c'est bien pratique. Enfin, il a fallu que je réorganise ma vie et que je change de métier.

- Qu'est-ce que vous faisiez ?
- J'étais sage-femme.

La peau

Cléon ne s'expliquait pas comment la conversation avec le vieil homme avait pu durer aussi longtemps. La courte pause s'était transformée en une longue conversation. Aussi confortablement installés sur ces rochers que dans deux fauteuils de salon, ils avaient devisé au bord du ciel. En vérité, Cléon avait plus écouté que parlé. Le vieil homme n'avait pourtant pas donné le sentiment d'être un solitaire profitant de l'opportunité rare de parler à quelqu'un. Il ne semblait pas non plus spécialement bavard. C'était plutôt comme s'ils ne pouvaient pas repartir chacun de leur côté sans que la rencontre ait vraiment lieu, comme si une certaine évidence imposait le dialogue avec la juste dose d'écoute et d'échange. Le vieil homme devait absolument livrer ce témoignage que Cléon recueillait comme on récupère un objet beau et singulier sans savoir à l'avance ce que l'on va en faire.

A aucun moment, Cléon n'avait ressenti l'envie d'écourter en prétextant le chemin qu'il lui restait à parcourir. Le vieil homme s'appelait Istérias. Il lui avait raconté sa vie, une vie banale et extraordinaire à la fois. Cléon avait été, d'une certaine manière, subjugué par la capacité du vieil homme à commenter sa propre vie. Il n'avait pas égrainé des souvenirs avec la nostalgie attendue de son âge, mais au contraire fait de constants allers-retours entre la vie qu'il avait aujourd'hui et des événements passés, établissant des correspondances qui leur donnaient sinon du sens du moins une certaine harmonie. Il n'assénait pas des vérités, il suivait des pistes, il convoquait autant la poésie que la logique mais semblait ne faire confiance à aucune des deux, d'ailleurs quand il disait « je crois », on sentait bien que c'était d'abord et surtout une manière de faire entendre ses doutes.

Tout en l'écoutant, Cléon avait l'impression de le voir manipuler chaque élément de sa vie comme des cailloux qu'il déposait à ses pieds. Petit à petit, il composait un cairn, fragile équilibre minéral où l'emplacement de chaque pierre vient circonscrire la place des suivantes mais où chaque pierre aussi donne la possibilité d'une autre. Et l'homme de pierre, une fois achevé, devient alors un signal pour les suivants, un repère qui disait que d'autres avaient vécu, que d'autres étaient passés. Et malgré les caillasses parfois grossières et disparates qui les composaient, tous avaient leur équilibre et leur cohérence à la fin.

A la fin de l'entretien, le vieil homme avait longuement parlé de la peau. Elle était pour lui le lien évident entre son ancien métier et sa situation actuelle. Dans les deux cas, la peau représentait le premier contact avec le monde. Pour le nouveau-né qui, sorti du liquide protecteur, découvrait par chacun de ses pores le monde nouveau qui l'entourait et en premier lieu le contact plein de précaution du sage-femme. Pour le vieil aveugle qu'il était maintenant, la peau constituait également ce qui lui permettait de mieux sentir le monde. Du bout des doigts, du bout des lèvres ou de chaque parcelle offerte au vent, la peau était pour lui le moyen de ressentir l'infinie variation de la relation à l'autre et au monde. La peau proposait, selon lui, le regard le plus profond. Istérias lui tendit alors la main et Cléon la saisit dans la sienne avec la sensation que d'un coup il lui donnait accès à tout son être.

La montagne

Cléon avait salué le vieil homme et était reparti
pensif, la conversation se poursuivait dans sa
tête. Il marchait de manière automatique,
aveugle à son tour à la beauté des paysages qui
l'entouraient. Il avait le sentiment d'avoir
rencontré un esprit infiniment plus lucide et
vivace que le sien. Cela le laissait à la fois
heureux et mélancolique.

Les cris puissants et rauques d'un grand corbeau
lui firent lever la tête. Lui-aussi avait la
réputation d'être sage, ce qui ne l'empêcha pas de
larguer une fiente prodigieuse qui s'étira et se
désagrégea au cours de sa chute avant de balafrer
un rocher à quelques mètres de lui. Cléon repensa
une nouvelle fois au vieil aveugle qui s'exposait à
des dangers insoupçonnés. Il sourit et se retourna
pour chercher sa silhouette dans la pente. Il le vit
plusieurs centaines de mètres plus bas avançant
lentement de sa démarche précautionneuse pour
tenir obstinément sa promesse.

Vers midi, il atteignit la cabane. Elle était posée
en bord du plateau et le sentier, après cette
montée longue et laborieuse, débouchait
immédiatement dessus comme s'il ne fallait pas

demander au marcheur de faire un pas de plus pour atteindre le banc de bois brut installé à gauche de la porte. Un soubassement de pierres massives était surmonté d'un bardage de planches verticales brunies par le soleil. De grandes tôles grises couvraient le toit à deux pans et à forte pente qui imitait les arêtes de la crête qu'on apercevait par-dessus lui. Plus loin, le pic s'élançait, impressionnante dent d'une mâchoire qui dévorait le ciel. Cléon, attiré par la montagne, accéléra le pas pour traverser le plateau dont l'autre extrémité lui offrirait une vue plus complète. Les joubarbes se dressaient roses parmi les trompettes bleues des campanules, et l'ensemble formait de part et d'autre du sentier comme un peuple lilliputien et chatoyant qui l'accompagnait en procession jusqu'au palais de roche qui au fur à mesure de sa progression s'élevait en majesté dans le ciel.

La montagne lui présentait une face nord intransigeante découpée en parois abruptes inabordables. Une tête massive en constituait le sommet et projetait un front immense et parfaitement vertical au-dessus du vide. De fines fissures bleues striaient les dalles de calcaire et répondaient en écho aux veines qui contrariaient le front de Cléon. L'ascension était tout-à-fait impossible par cette face. Côté ouest, la falaise dessinait un immense escalier dont chaque contremarche dépassait la centaine de mètres pour finalement s'échouer sur un petit col écrasé sous ce poids gigantesque. On aurait pu le rejoindre en traversant un immense pierrier qui couvrait le socle de la montagne. Mais le col ne semblait pas non plus assurer un point départ évident pour le sommet et d'ailleurs aucune ligne de traversée n'était visible sur le pierrier. Le sentier partait vers l'est et s'élevait en lacets serrés dans les dernières plaques d'herbes avant de s'engager courageusement sur une longue et étroite épaule rocheuse qui faisait la jonction entre le plateau et la base de la montagne. Il montait ainsi sur plusieurs centaines de mètres avant de disparaître, caché au regard de Cléon par les retombées des sommets voisins qui faisaient écran au premier plan. L'itinéraire était donc clair et l'amènerait logiquement jusqu'à un col qui lui permettrait ensuite de contourner la montagne et d'envisager sa face sud.

Le ciel était d'un bleu intense et presque douloureux et l'on s'étonnait de ne pas voir les chocards tomber comme des pierres tant l'air en semblait absent. La montagne impressionnante de puissance minérale invitait pourtant à la gravir. Elle constituait un monde en soi, une planète à découvrir. Et peu importait qu'on ne soit pas le premier, le sentier nettement marqué en témoignait, la montagne permettait quand même à chacun de tracer son aventure.

Cléon s'engagea dans la montée espérant atteindre le col en milieu d'après-midi. Il fouillait du regard les escarpements rocheux des alentours à la recherche de ceux pour qui cet endroit fascinant n'était pas juste un lieu de passage à la belle saison mais un lieu de vie. Mais les bouquetins restaient invisibles, blottis dans leur sieste ruminante à l'ombre des falaises qui leur offraient une multitude de reposoirs. Sûrement, ils l'avaient repéré depuis longtemps, habitués aux irruptions sonores de ces randonneurs artificiellement bossus qui arpentaient la montagne en files bien ordonnées et bien sages, s'écartant rarement des sentiers balisés. Peu à l'aise finalement sur ces pierres glissantes, instables, dures, les randonneurs avançaient avec précaution et lenteur au travers des chaos rocheux et s'élevaient tout en se gardant du vide. Les bouquetins, généralement tout aussi lents, recherchaient en revanche de leurs pupilles barrées les vires vertigineuses et les dalles pentues qui garantissaient leur extrême tranquillité. Et la courbe bosselée de leurs formidables cornes venait coiffer et arrondir les angles des arêtes saillantes alentour.

Cléon s'absorba dans la montée. Il s'accordait de courtes pauses pour relever la tête et admirer ces concrétions de pierre qu'il laisserait derrière lui une fois le col passé. Qu'on le veuille ou non, ces sentiers rocailleux imposaient de garder le plus souvent possible la tête rivée sur ses pieds pour éviter un trébuchement ou une foulure qui pouvaient rendre le reste de la journée autrement pénible. Ces montées difficiles, en pénitent qui se demande bien quelle faute il a pu commettre pour subir ce Golgotha, ne le gênaient pas. Au contraire, monopolisant tout son souffle, ces passages exigeants et soutenus constituaient pour lui de doubles respirations. Il était concentré sur son effort et vidé de tout le reste.

Il atteignit le col en fin d'après-midi. Sa montre magique lui indiqua 2457 mètres d'altitude. Comme à chaque fois, il ressentit l'excitation de voir enfin de l'autre côté, de découvrir le panorama, pas si éloigné de celui qu'il laissait derrière lui après plusieurs heures d'effort, et même penseront certains, assez semblable, et pourtant, pour lui, entièrement nouveau, chaque pierre, chaque arbre, chaque sommet dans sa différence, et pour un bref instant, c'était comme un monde nouveau qui s'offrait d'un coup.

Objectivement, ce versant exposé au sud était bien moins minéral que le précédent. Après une première descente assez raide mais courte, le sentier dévalait des pentes douces et herbeuses avant de se perdre beaucoup plus bas dans la forêt. Il contournait en se décalant loin à l'est la base de la montagne. Plusieurs petits torrents traversaient les alpages et déroulaient leurs rubans magnétiques et scintillants.

La grotte

Cléon avait repéré sur la carte l'emplacement d'une grotte peu éloignée du col et cachée au pied des barres rocheuses qui sur sa droite surplombaient les alpages. Coupant à travers la pente, il partit donc à la recherche de cet abri sous roche où il comptait passer la nuit.
Plusieurs traces légèrement marquées et perpendiculaires à la pente convergeaient vers le bas des falaises. Cléon suivit ses pistes laissées par le passage répété des moutons. Au fur à mesure, leur éventail se rétrécissait pour ne

former qu'une sente unique. Après avoir franchi un dernier repli de terrain, la draille s'engouffrait entre deux gros rochers pour immédiatement déboucher sur une petite plateforme qui marquait l'entrée de la grotte. La cavité n'était pas très profonde, de l'endroit où il se tenait, Cléon pouvait en apercevoir le fond qui se situait à cinq ou six mètres en retrait. Le plafond de pierre était plutôt bas et ne permettait pas, sauf au niveau de l'entrée, de se tenir debout d'autant que le sol remontait vers le fond de la grotte. Cléon s'enfonça un peu et perçut immédiatement la fraîcheur de l'ombre et une odeur aigre et forte. Le sol était plutôt mou et ce qu'il avait d'abord pris pour de la terre tassée s'avéra l'accumulation compactée de crottes de moutons. Des milliers de petites billes sèches plus ou moins écrasées couvraient entièrement la surface. Certaines déjections paraissaient plus récentes que d'autres. Quelques tortillons de poils laineux et sales jonchaient également le sol. Au fond, la pierre, que le dos des moutons raclait fréquemment, était polie et luisait faiblement d'usure et de la graisse qui s'y était déposée. Cette caverne était finalement assez quelconque mais elle pouvait faire un abri remarquable en cas d'intempéries. Les bêtes devaient s'y réfugier quand l'orage éclatait ou au contraire venir se protéger d'un soleil trop cuisant.

Aujourd'hui, le temps était clair et dégagé et l'idée de s'étendre sur un matelas de crottes et dans un air vicié n'enthousiasmait guère Cléon. Il se retourna dos à la caverne et rejoignit la petite plateforme d'entrée. La vue chassa immédiatement sa légère déception. L'endroit proposait un poste d'observation parfait sur la vallée. L'ancienne trace d'un cercle de feu témoignait de l'hospitalité des lieux dont devait profiter de temps à autre le berger ou tout autre randonneur aventureux. La petite avancée de terre, couverte d'une herbe rase, lui offrait en tous cas un bivouac idéal. Il ne lui restait plus qu'à dérouler son duvet à même le sol et à partir en quête de quelques bouts de bois pour alimenter un feu sommaire qui égaierait sa soirée tout en chassant l'humidité. En contrebas de la grotte, de larges plaques de rhododendrons lui fourniraient le combustible nécessaire.

Une fois son campement rapidement établi et le feu se démenant auprès de lui en ami attentionné, Cléon se cala le dos contre son sac et s'absorba dans la simple considération de ce qu'il avait sous les yeux et bientôt aussi de ce qu'il ne voyait plus.

La carcasse

La nuit avait été parfaite. Le silence de la montagne l'avait maintenu dans un sommeil profond et sans rêve. A cette altitude, Cléon n'avait aucune appréhension. La montagne lui témoignait une indifférence rassurante. Son corps avait épousé les creux moelleux de la terre. Il s'était collé à elle et fondu dans le paysage, une petite bosse de plus sur le versant de la montagne, invisible et négligeable. L'air frais et la lumière montante du jour le réveillèrent sans brusquerie. Et il resta allongé un moment à épier les bruits du matin. Un premier cri d'alerte de marmotte aiguisa son tympan. Et il perçut bientôt la légère et lointaine cavalcade d'un torrent qui dévalait la montagne sans parvenir à s'arrêter. Les sons lui apparaissaient dans l'ordre inverse de leur éloignement. Plus il écoutait, plus il entendait ceux proches de lui et bientôt les vrombissements intermittents et déjà frénétiques des mouches qui commençaient leur journée de voletage emplirent ses oreilles. La trille sèche et sonore d'un sizerin flammé donna le signal du départ. Cléon se redressa et s'étira. Cette forme inerte qui prenait tout d'un coup vie et déployait des membres insoupçonnés intrigua quelques minutes le passereau posé sur un rocher tout proche. Quand Cléon se mit debout, il plongea d'un vol direct et onduleux vers la vallée, ayant enfin identifié l'énergumène humain et résolu bravement cette énigme matinale.

Cléon prit la direction du torrent où il comptait remplir sa gourde et faire un semblant de toilette. Il marchait lentement profitant au maximum de cette tranquillité de début du jour. Arrivé au petit torrent, il suivit l'eau vivace sur quelques mètres. L'eau se précipitait contre les cailloux qui encombraient le lit du torrent, pressée, semblait-il, de rejoindre le petit lac de montagne qu'on devinait à la lisière de la forêt plus bas.

Juste au bord du cours d'eau une masse informe attira son attention. En s'approchant, il reconnut le rictus ricanant d'un crâne de mouton aux orbites creuses. Le reste du corps était un fouillis d'os blanchis sous le soleil, d'amas de laine épaisse, irrégulière et marronnasse et de membres désarticulés. Quelques os que maintenaient entre eux des tendons desséchés gisaient à proximité. La mort n'était pas récente et chaque espèce charognarde avait eu le temps de prélever sa part. La carcasse resterait encore longtemps visible avant que les gypaètes dispersent les os et le vent la laine dont des touffes assureraient une isolation de première classe pour tous les nids alentour. L'aspect macabre de la carcasse n'affectait ni l'humeur de Cléon, ni les promesses du jour naissant. Cléon s'interrogea rapidement sur les causes de la mort de l'animal. La vieillesse, la maladie, la foudre ou un prédateur ? Aucun indice ne lui permettait d'avancer une hypothèse plutôt qu'une autre. Une brebis était morte et des agneaux brouteraient bientôt l'herbe nourrie de ses restes pourrissants.

Cléon décida de remonter le torrent souhaitant tout de même mettre un peu de distance avec la carcasse avant de faire ses ablutions et de plonger sa gourde dans l'eau claire. Après quelques pas, il s'arrêta net à la vue de traces inscrites dans la terre humide qui bordait le torrent. Deux traces de pattes chacune plus grande qu'une main d'homme avaient modelé l'argile grise. Elles étaient espacées d'une dizaine de centimètres et se composaient d'un ovale horizontal surmonté de cinq petites formes oblongues elles-mêmes couronnées d'un court sillon effilé qui tranchait la glaise. Même si c'était la première fois qu'il en voyait, Cléon pensa immédiatement à un ours. La taille des traces laissait peu de doute. Un canidé ne pouvait rivaliser. Les traces paraissaient fraîches. Aucune fissure, que le soleil aurait provoqué en séchant la terre, n'en zébrait la surface. Instinctivement, Cléon se redressa et balaya du regard les alentours. L'excitation le disputait à l'inquiétude de se retrouver nez à nez avec le plantigrade de bon matin. Évidemment, il ne vit pas l'animal qui devait déjà être loin... ou pas. Après les traces de griffes, les traces de pattes. Cléon traversait clairement son territoire, et même si celui-ci était vaste, une rencontre fortuite au détour d'un bosquet n'était pas exclue. En tous cas, sans pouvoir les dater précisément, ces traces étaient récentes. Cléon repensa à sa nuit où engoncé dans son duvet, il formait un magnifique sandwich posé sur le comptoir de la montagne. Content d'être à la verticale dans la lumière éclatante du jour, il se sourit et se rassura lui-même. De toute façon, les ours n'attaquent pas l'homme. En revanche, ses quelques victuailles auraient pu attirer l'ours jusqu'à lui. Et le réveil en cavalerie qui s'en serait suivi aurait pu dégénérer. La surprise et la peur auraient peut-être été partagées mais rien n'indique qu'ils auraient également partagé une approche non violente et Cléon doutait de la force de dissuasion de sa carrure. Il est probable que les deux auraient cherché à fuir mais le terrain n'était pas exactement propice à une course en sac. Bref, Cléon était d'accord pour une entrevue mais il fallait d'abord en discuter les circonstances.

Il huma l'air comme s'il était capable de détecter une présence qu'il ne pouvait pas voir tout en étant conscient que son odorat était assurément son sens le plus faible. Il n'arrivait même pas à percevoir l'odeur du bout de fromage rangé dans la poche latérale de son sac à dos et qui se situait donc à moins de cinquante centimètres de son visage, alors, penser qu'il pourrait capter les effluves musqués d'un ours qui se trouvait peut-être maintenant à plusieurs kilomètres paraissait tout-à-fait illusoire. Tout portait à croire en revanche, que l'ours, doté d'un odorat particulièrement fin, plus puissant même que celui des chiens, pouvait en permanence savoir où Cléon se situait. Si rencontre il devait y avoir, ce serait donc l'ours qui la déclencherait.

Ayant clarifié le protocole de leur relation, Cléon décida de reprendre sa marche, sans chercher à pister l'animal qui aurait toujours plusieurs coups d'avance sur lui. Il prit la direction du sentier principal qu'il avait quitté la veille pour rejoindre la grotte.

Le berger

Le sentier descendait régulièrement à travers de grands alpages qui formaient un large éventail dont la pointe venait buter contre un sursaut rocheux barrant le passage. Cléon s'arrêta un instant dans la pente pour mieux observer. D'où il était, on distinguait bien le petit lac circulaire qui dessinait un œil dans la pelouse verte. Un liseré gris clair séparait la terre de l'eau. C'était un œil sans pupille. Sous le soleil intransigeant de ces altitudes, celle-ci avait dû rétrécir au point de disparaître laissant toute la place à l'iris vert émeraude. La forêt réapparaissait au niveau du lac, bordant son côté sud comme un sourcil broussailleux. Elle s'agglutinait ensuite sur une centaine de mètres de large contre la barre rocheuse, se répartissait de part et d'autre et même l'escaladait et la couvrait partout où c'était possible pour ensuite se répandre de l'autre côté. Sur tout son pourtour, certains arbres s'avançaient en sentinelles sur l'alpage, isolés de quelques mètres du gros des troupes.

L'endroit constituait un carrefour et le petit lac en était le giratoire. En y arrivant, on pouvait décider de rejoindre la vallée en empruntant un sentier à gauche qui longeait la forêt sur plusieurs centaines de mètres avant qu'une cassure du relief ne donne le signal d'une longue descente jusqu'aux premières fermes. Si, en revanche, on contournait le petit lac par la droite, le sentier s'enfonçait dans le bois pour ensuite gravir la barre rocheuse et permettre de continuer le tour du pic que Cléon avait entrepris. Il apercevait, à l'endroit où le sentier se divisait, un poteau de bois dressé comme une allumette qui sûrement fournissait aux randonneurs toutes les informations utiles à la suite de leur parcours et qui confirmerait en particulier à Cléon l'altitude qu'il s'autorisait et qu'il avait pris la peine de vérifier le matin même. Le lac se situait à 2100 mètres.

Il reprit sa descente et ce n'est qu'une fois parvenu nettement plus bas qu'il découvrit, nichée entre les premières rangées d'arbre, et à une centaine de mètres du lac, une cabane pastorale. Adossée à la forêt, elle faisait face aux alpages permettant au berger de repérer son troupeau d'un simple coup d'œil. Pour le moment, le berger et les bêtes étaient invisibles.

C'était déjà midi quand Cléon parvint au petit lac. Pendant quelques minutes, il en agita la surface en tentant des ricochets. Mais le jeu le lassa vite. Il lui manquait un partenaire pour rivaliser dans ce concours bon enfant. Il imagina au fond de l'eau et convergeant vers le centre du lac des cercles de cailloux plus ou moins ronds et plats constitués par des générations de randonneurs qui tous, une fois arrivés ici, ne pouvaient s'empêcher de tenter un record inutile. A force, cette accumulation reconstituerait la pupille perdue mais seuls les aigles, survolant le lac, pourraient percevoir ce disque sombre à travers l'eau. Il imagina aussi les truites, habituées à ce manège et qui ne s'effrayaient même plus de ces déflagrations en surface suivies de la descente chaloupée d'un galet clair qui bientôt se couvrirait de vase.

Il se dirigea vers la cabane en tous points semblables à celle qu'il avait vu la veille. En retrait dans le sous-bois un vaste enclos permettait de parquer les bêtes pour la nuit. Devant la cabane, une table de bois et deux bancs invitaient à la halte.

Bien que le berger restât invisible, Cléon n'osa pas pousser jusqu'à la table. Il avisa un tronc couché sur lequel il s'assit afin de casser la croûte à l'ombre des pins. Son arrivée dérangea une cohorte de fourmis charpentières qui exploraient méthodiquement le tronc et s'agitèrent en tous sens à son arrivée mais ces mastodontes miniatures trouvèrent bientôt leur compte à partager un pique-nique inattendu.

Cléon fut tiré de leur observation par un bruit du côté de la cabane. La porte venait de s'ouvrir et le berger se tenait devant son abri. Il était grand et fin et en tous points conforme à l'image qu'on pouvait se faire d'un berger, avec ses gros godillots, son pull beige foncé épais et un peu informe et un béret noir juché sur la tête. Malgré l'horaire, il semblait venir de se réveiller et s'étira longuement au soleil le regard mollement fixé sur la montagne. Cléon le regardait sans oser le saluer, ne voulant pas déranger et en vérité un peu impressionné par l'image du berger de montagne, forcément taciturne, ou secret, trop fou ou trop sage en tout cas et gardien jaloux de son territoire et de sa solitude. Mais c'est le berger qui s'adressa à lui.

- Bonjour, vous voulez un café ? lui proposa le berger comme on le fait au réveil d'un ami avec qui on partage un gîte.

- Euh oui, avec plaisir, accepta Cléon, un peu surpris par l'affabilité immédiate du bonhomme.

Le berger rentra dans sa cabane et Cléon rangea rapidement les restes de son casse-croûte dans son sac puis vint s'asseoir à la table de bois brut. La table et les deux bancs qui l'encadraient étaient perpendiculaires au mur de la cabane, Cléon s'assit sur le banc le plus éloigné de la porte, s'imaginant que le berger avait l'habitude de choisir le plus proche. Il scruta le plateau de bois à la recherche de traces qui auraient pu confirmer cette intuition. Mais le bois était uniformément patiné sur toute sa surface et des tâches (de vin, de gras ?) se répartissaient équitablement dessinant la carte d'un monde composé d'atolls et d'îles innombrables. Les rainures sombres et encombrées de miettes ou de restes divers qui séparaient les planches traçaient autant de méridiens ou de parallèles sur ce planisphère rectangulaire. Cléon s'amusa à chercher parmi le tracé des veines du bois l'évocation de quelques monstres marins comme en figuraient dans ses souvenirs certaines cartes anciennes. Il détacha bientôt son regard de ce petit univers à plat et regarda la montagne face à lui, un environnement à l'exact opposé de celui où sa rêverie venait de le conduire, tout en relief minéral, tout en courbes végétales, et d'où aucun monstre ne pouvait surgir mais qui pourtant, lui-aussi, proposait chaque fois de nouveaux horizons et des petits bouts de terre jamais foulés.

- Alors d'où vous venez comme ça ? lui demanda le berger, les mains encombrées d'une cafetière italienne fumante, de deux tasses en fer blanc et d'un pot à sucre en grès. Il déposa le tout un peu trop vivement sur la table. Du café gicla par le bec verseur de la cafetière et ajouta une île inconnue sur la table.

- Je viens du refuge de La Malée et je fais une randonnée de quelques jours. J'aimerais peut-être gravir le mont Ouréade au passage. Mais je n'en connais pas vraiment la difficulté. Vous pensez que c'est possible sans matériel ?

- Oui, bien sûr que c'est possible. Il y a différentes voies d'accès. Après, toutes nécessitent d'y mettre les mains à un moment donné et il y a des passages où il ne faut pas craindre un peu de gaz mais ce n'est pas de l'alpinisme ! Sinon, j'y serai jamais allé ! J'y suis pas allé si souvent d'ailleurs, ça vaut le coup évidemment, même si c'est une sacrée grimpette, mais j'ai bien assez à crapahuter après mes bêtes toute la journée. J'y vais quand j'ai besoin de génépi, ajouta-t-il dans un sourire, c'est là-haut qu'on trouve le plus joli.

La paupière de son œil gauche ne remontait jamais totalement et lui donnait un air malicieux comme s'il faisait un clin d'œil permanent. Il avala d'un coup sa deuxième tasse de café.

- Je vais vous le faire goûter, ça vous dit ? demanda-t-il sans attendre de réponse. Il revint aussitôt avec une bouteille de verre blanc emplie aux deux tiers d'un liquide vert olive dans lequel flottaient une demi-douzaine de brins pelucheux. Ça n'était pas dans les intentions de Cléon de rouler sous la table en plein après-midi mais il se voyait mal refuser un verre, qui plus est d'une production locale dont le berger semblait s'enorgueillir.

- J'ai vu aucune de vos bêtes depuis que j'ai passé le col. J'ai dormi à la grotte cette nuit, précisa Cléon.

- Ben c'est normal, parce qu'elles sont dans l'autre vallée derrière la crête, dit-il en désignant du menton la barre rocheuse qui s'élevait derrière la cabane. Vous tomberez dessus après avoir traversé la forêt ou vous les verrez ce soir si vous êtes encore dans le coin. Cléon prit cette dernière remarque pour une invitation ou une question déguisée à laquelle il se garda de répondre ne voulant pas anticiper sur son programme. Pour le moment, il buvait un excellent génépi qui commençait doucement à lui chauffer les oreilles et c'était parfait. Enhardi par cette chaleur qui anesthésiait petit à petit sa retenue, il se risqua à aborder un sujet potentiellement sensible.

- Par contre, j'ai vu des traces d'ours et un cadavre de brebis.

- Ouais, la brebis, c'est pas l'ours, elle était malade depuis un moment, je pense que c'était la douve du foie, une saloperie de ver qui les affaiblit. Elle est morte il y a une bonne semaine. Bon, j'aurais dû descendre son cadavre mais ça priverait beaucoup de monde par ici. Moi, je suis pour l'équarrissage naturel... Allez, on va tuer les vers ! ricana-t-il en remplissant à nouveau leurs verres à ras-bord. Pour l'ours, ça fait maintenant quelques semaines qu'il est dans le secteur. C'est à cause des chasseurs qui ont pas arrêté d'organiser leurs battues dans la vallée voisine. Ils disent que les sangliers prolifèrent, faut dire qu'ils font tout pour. Du coup, l'ours en a eu marre de passer entre les balles à sangliers, d'autant que les chasseurs hésitent pas trop à confondre. Il a passé le col lui aussi. Je l'ai pas encore vu et d'ailleurs je suis pas pressé.

- Mais c'est pas dangereux pour vos bêtes ? demanda Cléon, étonné de trouver le berger si serein, avec un ours dans les parages et son troupeau de l'autre côté de la montagne.

- Pour le moment, il nous laisse tranquille et puis je pense qu'il va rentrer chez lui quand les choses se seront un peu calmées de l'autre côté. En attendant, je compte sur mes chiens pour me prévenir.
- C'est vos chiens qui gardent le troupeau, là ?
- Non, faut pas trop leur en demander quand même. J'ai mon Heidi.

Heidi

- Votre Heidi ?
- Ouais, c'est un jeune qui est venu pour m'aider à l'estive. Chaque été, une association écolo recrute des volontaires pour venir passer quelques semaines en montagne et aider les bergers dans les secteurs où il y a des risques d'attaque de loup ou d'ours. Entre nous, entre bergers j'veux dire, on les appelle des Heidi, parce qu'il y en a beaucoup qui tournent pendant l'été, c'est plus simple. Vous connaissez Heidi ? La petite fille qui veut vivre avec son grand-père sur l'alpage. Des fois, ils ne restent qu'une semaine, alors, ça va vite. Mais attention, on les appelle pas comme ça devant eux. On n'est pas des sauvages. Mon Heidi, il s'appelle Daphné, mais c'est un garçon, je savais même pas que c'était aussi un prénom de

garçon ! dit le berger en se retenant de rire par correction pour Daphné même s'il n'était pas là. C'est un bon gars. Déjà, parce qu'il a signé pour un mois, pas besoin de tout réexpliquer chaque semaine, et puis parce qu'il a de l'énergie, toujours prêt pour courir après les brebis. Et pourtant, c'est un citadin, il a toujours vécu en ville, enfin, de ce que j'ai compris, c'était surtout des petites villes avec la campagne pas loin. En tous cas, il aime la montagne et s'intéresse à tout, les fleurs, les bêtes, les cailloux. Et puis, c'est un militant mais il fait pas la leçon, j'aime bien, il est là, il agit, parce que pour lui, faut cohabiter, comme il dit, il n'y a pas de hiérarchie entre les êtres vivants, c'est un peu radical mais ça se défend. Il dit aussi qu'on descend tous d'une éponge, il y a des millions d'années, alors qu'on n'a pas à la ramener, moi ça me fait marrer, en tous cas j'y pense à chaque fois que je fais la vaisselle !

- Mais vous avez souvent des attaques dans le coin ?

- Non, pas vraiment, on est en limite de secteur. En fait, pour le moment, j'en ai jamais eu mais mieux vaut prévenir comme on dit, parce que ça pourrait arriver. Alors évidemment à deux, c'est plus facile pour surveiller et rentrer les brebis tous les soirs et s'occuper des chiens. Et puis on me propose, alors moi j'accepte, ça me coûte rien. J'en prends toujours l'été, des petits jeunes. Au pire, ils sont pas efficaces et ça fait quand même un peu de compagnie, au mieux, c'est une aide et ça me laisse du temps. Et avec Daphné, vu comme il se démène, ça me laisse vraiment du temps, j'ai jamais regardé autant de séries que cet été !

Cléon croyait avoir mal entendu ou que le berger blaguait.

- Quoi ? Vous regardez des séries ?

- Oh oui, je suis fan ! Je monte à l'estive avec des tonnes de séries enregistrées sur mon ordinateur portable et j'ai une batterie qui fonctionne au solaire et qui me permet d'avoir un peu d'électricité pour la lumière ou pour recharger l'ordinateur. En ce moment, je suis dans une série hyperlongue mais vraiment bien, ça se passe à Paris, au palais de justice, ça décrit tous les rouages et les petites combines. Et puis il y a une avocate vraiment canon. Ça vous dit quelque chose, non ?

Cléon ne voyait pas du tout.

- En tous cas c'est bien fichu, à la fin de chaque épisode, on a vraiment envie de savoir la suite. Et moi, j'aime pas attendre trop longtemps entre deux épisodes parce que sinon je ne me rappelle plus de rien et il faut que je revoie le précédent pour me rafraîchir la mémoire. D'ailleurs je crois que je vais aller en regarder un avant de rejoindre Daphné pour rentrer les bêtes. Attention, j'fais pas ça tous les jours, mais aujourd'hui, c'est dimanche, alors je m'autorise. Vous regardez des séries vous ? lui demanda-t-il en se levant déjà.

- Non, pas beaucoup, répondit Cléon sans s'étendre, devinant que la conversation était terminée et que le berger avait hâte de rejoindre son avocate. Lui-même avait bien envie d'une petite sieste pour reprendre ses esprits que l'alcool avait légèrement brouillé. Il remercia le berger et lui annonça qu'il allait s'allonger un moment dans le coin.

- Si ça vous tente, vous pourrez m'accompagner tout à l'heure pour voir mes bêtes, lui proposa le berger en rentrant dans sa cabane.

Cléon se leva à son tour et chercha du regard un endroit confortable.

Le génépi

Cléon ne dormit pas mais il resta un long moment couché dans l'herbe épaisse, la tête calée sur son sac lui-même calé contre le tronc d'un pin cembro. A travers ses paupières closes, la lumière du soleil, griffée par les aiguilles de pin qu'elle devait traverser pour l'atteindre, dansait. Cléon se laissait aller à ces flashs légers et stroboscopiques. Le sol diffusait sa chaleur dans ses reins tandis qu'une brise légère lui aérait la tête. Il profitait d'un instant rare où il ne se demandait pas ce qu'il allait faire dans une heure, dans un mois ou dans un an. Être en perpétuelle invention de sa vie, cela demandait une énergie de dingue. Et c'est ce que Cléon avait voulu interrompre un moment en restant dans la montagne. Ne plus chercher à fabriquer l'étape d'après. Et du même coup, reconstituer le stock d'énergie nécessaire pour le faire quand même, sans savoir d'ailleurs exactement de quel carburant il avait besoin pour fonctionner. Mais il avait déjà remarqué que, comme pour d'autres de ses semblables, la montagne avait cet effet sur lui, cette capacité à lui transmettre un peu de cette énergie formidable et primordiale dont elle était la preuve. Était-ce son gigantisme qui lui permettait plus facilement de relativiser ? L'harmonie qui s'en dégageait qui du coup le rassurait sur sa propre place ? Ou la beauté subjuguante de ces paysages qui impressionnait pour longtemps ses rétines ? Était-ce enfin le sentiment de puissance formidable qui émanait de ces sommets et qui promettait une force et une stabilité dont il pensait parfois manquer ? Était-ce surtout la sainte malice du génépi qui distillait ces clichés existentiels au moment où il aurait voulu se reposer un peu ?

Bon, il n'y aurait donc pas de sieste. Cléon se releva. Il réalisa qu'il avait décidé de prolonger la rencontre avec le berger. Il continuerait sa route demain. Ce soir, il dormirait à proximité de la bergerie. Il était curieux de rencontrer l'assistant du berger et de voir ses moutons. Et surtout rien ne le pressait, la journée était déjà bien entamée, il était donc trop tard pour commencer une nouvelle étape de marche. Il abandonna son sac sur place et avança dans le sous-bois d'un pas tranquille et lent, les mains dans les poches, à l'affût de tout mais sans but précis.

Il évoluait entre les arbres comme un nouvel invité dans un immense salon mondain. Il marchait lentement, en boucles qui contournaient avec précaution les bosquets d'aulnes et les fûts gris des hêtres, tournant doucement la tête de tous les côtés, impressionné par la richesse des atours de ces grands personnages. Les arbres se comportaient en habitués des lieux, ils semblaient en plein conciliabule, épiant et jaugeant ce nouveau venu, sans arrière-pensées mais évidemment avec une certaine hauteur.

Cléon prenait garde à avancer en silence en évitant de briser la moindre brindille ou de faire rouler la plus petite pierre. C'était un exercice auquel il aimait se livrer, avancer comme un pisteur, déceler les signes d'une présence animale ou sa présence elle-même avant que la sienne ne soit révélée. Mais c'était un exercice difficile. La plupart du temps, il ne parvenait pas à être suffisamment discret ou à utiliser tout le potentiel de ses sens. Il se laissait surprendre par le bruit d'un envol pressé ou d'une course fuyante avant qu'il ait pu en repérer l'auteur. Malgré tout, il en tirait toujours une certaine satisfaction comme s'il se prouvait qu'il était capable de se fondre dans le paysage, d'appartenir à ce monde sauvage ou plutôt d'en passer la frontière quand il le voulait. Et puis, à défaut de grandes découvertes, c'était toujours des moments d'observation intense et de calme.

Les pas sans but de Cléon l'avaient ramené vers le parc à moutons et la bergerie. Tout autour, de gros rochers plus ou moins couverts de mousse émergeaient du sous-bois et bâtissaient autant de petites forteresses qui pourraient l'abriter pour la nuit. Désormais doublement averti du voisinage de l'ours, Cléon voulait dormir le plus proche possible de la bergerie, comptant sur la présence des chiens ou même des moutons pour le réveiller en cas de besoin. A l'un des angles du parc, un énorme rocher haut d'environ trois mètres s'évasait sur sa base comme une grosse poire renversée. Son escalade était facile, la roche proposait de grosses prises couvertes de mousse mais profondes. Cléon grimpa en quelques mouvements au sommet du rocher sur lequel un petit pin à crochet obstiné avait réussi à pousser. Le dessus était relativement plat. La mousse épaisse et les débris végétaux tombés des arbres environnants au fil des années avaient comblé les anfractuosités de la roche et constituaient un tapis assez moelleux. L'espace était suffisant pour imaginer y passer la nuit et Cléon se dit que c'était une bonne option pour garantir sa sécurité tout en lui offrant un poste d'observation idéal. Il redescendit et longea le parc à moutons en direction de la bergerie et de l'arbre au pied duquel il avait déposé ses affaires.

Le berger, dos à la cabane, fouillait le flanc opposé de la montagne à la jumelle, le sac déjà sanglé sur les épaules et un long bâton posé contre la tranche de la table en bois.

- Vous cherchez l'ours ? demanda Cléon avec curiosité

- Non, je fais un petit tour à distance, c'est tout.

- Et cet épisode ? ne put s'empêcher d'ajouter Cléon

- Bof, je suis déçu. Pendant tout le temps, elle lui tourne autour et lui fait des yeux de biche mais à la fin, elle l'embrasse même pas. Elle lui murmure un truc à l'oreille qu'on n'entend pas...

- Vous parlez de l'avocate, là ?

- Ben évidemment, fit le berger faussement bourru.

Cléon restait perplexe. Il n'avait évidemment pas imaginé rencontrer un berger adepte des séries en pleine montagne. Cela écornait plutôt joyeusement le mythe. Mais surtout il n'arrivait pas à situer à quel degré le berger s'intéressait vraiment à ce qu'il regardait. Sa paupière tombante brouillait les pistes. A travers ces séries, vivait-il une vie affective et sociale par procuration ? Ou bien était-ce une simple manière de se divertir, une façon de moderniser les veillées solitaires d'antan ? Cléon opta plutôt pour la seconde hypothèse, la première étant assez désespérante. Le berger interrompit ses réflexions.

- Bon, si vous voulez venir, c'est maintenant, parce que c'est quand même pas tout à côté et puis après faut revenir en compagnie de trois cents cabochardes.

Les Préalpes du sud

Ils s'engagèrent sur le sentier qui s'élevait derrière la cabane. Le piétinement des bêtes avait déterré de nombreux cailloux et marqué la terre de centaines d'empreintes entremêlées. Cléon avançait en les détaillant. La plupart lui évoquait deux graines de haricots effilées au sommet, un immense chili con carne répandu sur le sol ou mieux un ragoût de mouton aux mogettes. Bon, le casse-croûte de midi était loin et visiblement la faim commençait à le tenailler. D'ailleurs, la perspective d'un repas chaud et copieux confectionné avec la viande savoureuse d'un agneau n'avait peut-être pas été étrangère à ses motivations pour rester traîner dans le coin. Finalement, il se voyait bien en loup rodant autour de la bergerie, se rapprochant innocemment et progressivement de l'enclos aux moutons à mesure que la salive lui montait à la bouche. Il faisait mine de s'intéresser à l'activité du berger quand son véritable objectif était de se remplir le ventre de la chair de l'un de ses protégés. Cléon imaginait la scène comme dans un bon vieux Tex Avery. La réalité était plus prosaïque, il avait faim. Et d'ailleurs, rien ne lui garantissait le gueuleton auquel il rêvait, peut-être n'aurait-il pour améliorer son ordinaire qu'un vieux morceau de tomme de brebis accompagné d'un verre de vin rouge éventé. Il attrapa dans la poche-ceinture de son sac à dos quelques figues sèches qu'il enfourna aussitôt dans sa bouche. Cela mit un terme à ses hallucinations culinaires. Il accéléra le pas pour ne pas se laisser distancer par le berger. La végétation s'était resserrée et les moutons, en l'empruntant ne pouvaient plus s'ébattre aussi facilement de chaque côté du sentier. La piste rétrécie n'en était que plus martelée par le passage répété des sabots. Les empreintes en se superposant se fractionnaient et déroulaient de leur écriture cunéiforme l'histoire indéchiffrable du troupeau qui vivait son estive en pleine montagne.

Les empreintes brouillées par leur propre multitude évoquaient également la forme irrégulière de paires de chromosomes. Et de là, Cléon pensa à Dolly, première brebis clonée, pionnière involontaire d'une aventure technologique et médiatique aux antipodes de la vie de ses congénères, et qui sans doute n'avait jamais eu la chance de goûter aux parfums sauvages des prairies d'alpage avant de finir sa vie dans la vitrine d'un musée. Alors que valait-il mieux ? Une vie banale et relativement libre dans un environnement somptueux ou la célébrité et la gloire au prix d'un déracinement et d'un milieu aseptisé ? Vous avez deux heures, se dit Cléon.

Mais il ne prit pas le temps de répondre à ce questionnement car une autre pensée court-circuita sa réflexion et excita ses neurones. Dolly, issue de cellules de glandes mammaires, rendait, par son nom emprunté à une célèbre chanteuse américaine, hommage à toutes les paires de seins du monde. C'était autrement réjouissant. Cléon sourit. Décidément, d'une piste terreuse et jonchée de crottes, tout le ramenait au plaisir des sens. C'était l'avantage et l'effet de ces montées raides et laborieuses dans les bois. Le regard baissé sur ses pieds pour éviter la chute, le rythme régulier et soutenu, Cléon laissait vagabonder ses pensées dans un jeu de saute-moutons où une idée rebondissait sur une autre comme dans un rêve éveillé.

Après une heure de montée, ils atteignirent la partie supérieure de la barre rocheuse et traversèrent rapidement un replat où la forêt se clairsemait jusqu'au rebord opposé de la barre. Un nouveau panorama s'ouvrait à eux. Depuis le point où il se tenait, le sentier plongeait abruptement sur plusieurs centaines de mètres dans une pente constellée de grosses pierres qui cachaient autant de terriers de marmottes. La descente s'adoucissait alors mais restait forte et régulière à travers tout l'alpage et jusqu'à une immense combe où se développait une nouvelle forêt. De-là le sentier, dont on apercevait la fine trace claire, remontait sur le flanc opposé de la montagne pour poursuivre son contournement du mont Ouréade. Sur sa droite, le flanc de la montagne tombait depuis le sommet comme une jupe tendue et plissée, tissée d'herbe rase, avant plus loin et plus haut de s'effriter en chaos rocheux strié verticalement d'étroits couloirs qui alimentaient de vastes pierriers situés en contrebas.

- Les Préalpes du Sud ! annonça presque fièrement le berger
- Vous êtes sûr ? laissa échapper Cléon. Sans être expert en géographie, il était quand même très étonné de cette dénomination. Selon lui, ils ne se trouvaient pas du tout dans un paysage préalpin. Le berger comprit sa confusion.
- Je parle de la race de moutons. Ce sont des Préalpes du Sud.

Cléon porta son regard dans la même direction que celui du berger et après quelques instants de recherche localisa le troupeau disséminé quelques centaines de mètres plus bas. Les silhouettes rondes et blanches parsemaient l'alpage. Le rassemblement avait débuté. Cléon perçut la course rapide des chiens autour du troupeau pour hâter le mouvement et convaincre les récalcitrantes de prendre le chemin du retour. L'excitation des chiens contrastait avec le calme apparent des brebis qui marchaient au pas, ne se refusant pas une dernière bouchée avant d'entamer la montée. Seuls les agneaux cabriolaient parfois en réponse aux assauts mesurés des chiens. Le troupeau formait maintenant une grande tâche claire sur l'alpage qui se déformait en fonction du relief et de la pression des chiens. Cléon pensa aux nuées d'étourneaux qui à l'automne dessinaient dans le ciel de fascinants motifs. Les mouvements des moutons se faisaient au ralenti et seulement en deux dimensions mais eux-aussi composaient des figures volatiles animées de pulsations erratiques et imprévisibles. Composé de centaines d'individus, le troupeau semblait pourtant un être unique et cohérent, une sorte de céphalopode rampant sur la terre. Évidemment, plus le troupeau se rapprochait, plus cette image se désagrégeait. Et quelques minutes après, Cléon fut cerné de dizaines de brebis dociles et indifférentes à sa présence. Puisqu'il fallait y aller, autant ne pas traîner. Cela semblait l'humeur du jour. Et l'on voyait bien que les chiens, frustrés par cette discipline générale, essayaient eux-mêmes de provoquer des incidents en aboyant et en houspillant outrageusement certaines brebis qui n'avaient rien à se reprocher. Cléon suivit le mouvement du troupeau et remonta le sentier qu'il venait de descendre. Daphné et le berger fermaient la marche, échangeant, supposa Cléon, les nouvelles de la journée.

Un peu plus tard, il les laissa le rejoindre pour pouvoir se présenter. A partir de ce moment, Daphné se lança dans un flux ininterrompu de paroles à son intention, manifestement ravi d'avoir un nouvel interlocuteur. Tout y passa. La description du comportement des brebis rustiques dont il avait la charge, les études de génie énergétique qu'il menait, le voyage en Azerbaïdjan qu'il envisageait, avant sa rentrée en octobre, Cléon n'en avait pas bien compris la motivation, le voyage qu'il avait entrepris l'année dernière au Portugal, ses origines portugaises justement, son aversion pour le poisson sous toutes ses formes, mais attention, il n'y avait pas de lien à faire, sa passion pour les couteaux et en particulier pour les couteaux capucins, sa rencontre avec une vipère mélanique deux jours plus tôt, le transfert de puissance qu'il avait ressenti en la regardant, là, Cléon n'avait rien compris, la perte de son chien l'été dernier, des suites d'une maladie foudroyante, et la dépression légère que cela lui avait provoqué, son rêve de faire un vol en montgolfière au-dessus de ces montagnes ou même de les survoler en avion, avec un petit biplace par exemple, mais quand même avec une préférence pour la montgolfière, pour le silence, son goût pour les fleurs sauvages en salade et le rumex alpin ou rhubarbe des moines qu'il lui ferait goûter ce soir, la méthode qu'il testait pour reconnaître les agneaux en détaillant les nervures de leurs oreilles, passe-temps inutile et voué à l'échec mais qui au moins lui permettait de travailler sa mémoire.

Soudain il se tut et planta Cléon au milieu du chemin pour s'éloigner dans le bois perpendiculairement au sentier. Les oreilles bourdonnantes, Cléon réalisa que la bergerie était miraculeusement en vue. Cela avait était un long et unique monologue. Pas une fois, l'assistant n'avait semblé s'intéresser aux réactions ou aux avis de Cléon et encore moins à son propre parcours ou à sa vie. Cléon en était stupéfait. Il supposait une sorte de déformation professionnelle. A passer ses journées seul dans la montagne en compagnie de moutons peu réceptifs, il accumulait un besoin irrépressible d'exprimer toutes les pensées qui l'avaient traversé, comme un trop plein qu'il fallait impérativement déverser sous peine d'éclatement. Cléon ne supporterait pas une telle séquence verbale une deuxième fois. Il se rassura en pensant au berger. Celui-ci non plus ne devait pas être en capacité d'endurer une logorrhée permanente. Cela validait l'hypothèse de Cléon. Une fois son réservoir vidé, Daphné devait reprendre une relation normale, avec un minimum d'écoute et d'échange et des respirations. Ou peut-être se tairait-il pour le reste de la journée ayant épuisé son interlocuteur mais aussi son stock d'histoires disponibles ?

Arrivé à la bergerie, le berger lui désigna un espace à l'arrière du bâtiment suffisamment plat pour y dresser une petite tente à proximité de la niche des chiens et donc en sécurité. L'intention était sympathique mais Cléon n'avait aucune envie de dormir coincé entre une niche et un mur aveugle qui servait de remise aux éléments de construction en surplus. Pour ne pas contredire le berger, Cléon décida de monter sa tente à cet endroit tout en étant résolu à dormir sur le perchoir rocheux qu'il avait repéré plus tôt dans la journée.

Une fois, son faux campement installé, Cléon regagna le tronc où il avait déjeuné pour profiter du silence retrouvé. Le monologue interminable de Daphné l'avait empêché de réfléchir à ce qu'il avait vu de l'autre côté de la montagne et qui l'avait légèrement contrarié. D'après ce qu'il avait pu constater, une fois passée la barre rocheuse, le sentier redescendait nettement en-dessous des 2000 mètres d'altitude avant, beaucoup plus loin, de remonter. Une longue portion lui était donc interdite. Il lui faudrait s'engager sur la droite en surplomb du sentier et traverser la pente raide en herbe et les éboulis rocheux. Cléon avait sorti la carte et l'étudiait minutieusement. Les couloirs étroits qu'il avait remarqués menaient directement au sommet. A certains endroits, les fines lignes marron des courbes de niveau étaient si serrées qu'elles semblaient se toucher. Une ligne noire irrégulière et pointillée les surlignait et marquait les bords du sommet. Entre les portions pointillées se trouvaient les passages mais le niveau de détails n'était pas suffisant pour savoir si Cléon pouvait vraiment accéder jusqu'au sommet par l'une de ses voies. Il faudrait voir sur place, se rendre compte surtout de l'état de la roche et du dénivelé réel. En tous cas, cela pouvait se tenter. D'après la carte, il estimait à environ 500 mètres le passage dans la partie rocheuse. C'était beaucoup, mais se trouver si proche du sommet sans essayer de l'atteindre ne lui semblait pas une option possible. Cléon décida de ne pas parler de ce projet à ses compagnons de soirée et encore moins de la règle d'altitude qu'il s'imposait. Il avait encore en mémoire la réaction empreinte d'agacement et de pitié du jeune couple croisé au refuge. Par ailleurs, il ne voulait ni inquiéter le berger, ni l'entendre tenter de le dissuader. Cléon estimait pouvoir évaluer les risques par lui-même. Sans être un alpiniste aguerri, il avait sa petite expérience de la montagne. Il avait déjà connu suffisamment de situations tendues pour se montrer prudent quand c'était nécessaire. Demain il serait seul et sans matériel, il n'avait donc pas l'intention de fanfaronner.

Il rejoignit ses camarades qui, après avoir parqué les brebis, s'affairaient dans la bergerie. La soirée fut agréable. Quand il vit arriver un plat de riz parfumé aux plantes sauvages, Cléon cacha sans peine sa déception de ne pas goûter aux monceaux de viande sur pattes qui l'entouraient. Le riz était odorant et chaud et en quantité suffisante pour les caler tous les trois. Un morceau de tomme de vache ponctua le repas accompagné d'un pichet de vin rouge local plus qu'honorable. Un vin frais et droit. Bref, c'était un vrai festin comparé aux derniers repas frugaux de Cléon. Daphné, sans se départir d'une bonne dose d'égocentrisme, s'était montré plus disponible à la conversation. A moins que cela ne soit la présence du berger qui contenait ses déclamations à sens unique. On sentait de sa part du respect ou en tous cas une certaine réserve. Quand on mange avec le patron, même si les relations sont bonnes, on a tendance à mesurer ses paroles et à rester à sa place. Bref, la conversation avait été possible et Cléon n'en demandait pas plus. Il refusa le génépi et partit se coucher tôt anticipant un réveil à l'aube et voulant être en forme pour affronter le lendemain une journée qui pouvait être exigeante. Il prit la direction de la tente contre laquelle il avait laissé son sac, fit jouer la fermeture éclair deux fois pour donner le change au cas où et partit à pas de loup rejoindre son petit mirador.

La bête

Bien emmitouflé dans son duvet, la tête posée sur son sac et inclinée sur le côté, le ventre lesté et les sens légèrement engourdis par le vin, il cherchait à deviner les brebis dans le parc. Plusieurs étaient stationnées juste en dessous de lui. Elles n'avaient pas manifesté d'inquiétude particulière à voir sa silhouette furtive grimper sur le rocher et se fondre dans sa masse. La nuit était claire et Cléon se laissait bercer par les vagues successives de leurs dos argentés. Il aurait pu sans effort compter les moutons mais n'en eut pas besoin et s'endormit rapidement.

Il se réveilla soudain, alerté par la sensation d'une présence. Bien sûr, il y avait les moutons. Le silence n'était jamais complet dans l'enclos. Les brebis se frottaient, se couchaient et se relevaient, se déplaçaient doucement. Mais cela formait un ensemble calme et homogène. Cléon n'avait pas perçu de bruit particulier mais comme un changement dans l'atmosphère, une tension brève, un mouvement un peu brusque. Il pensa immédiatement à l'ours. Il se releva doucement sur un coude, nullement inquiet pour lui-même, se sachant inaccessible en haut de son donjon, mais voulant au plus vite identifier l'éventuel danger pour pouvoir intervenir ou au moins avertir le berger. La lune diffusait sa lumière blanche à travers les arbres noirs et le parc alternait les zones sombres et claires. Les brebis semblaient garder leur calme, certaines posaient nonchalamment leur tête ovale sur le dos moelleux de leur voisine. Les chiens non plus ne se manifestaient pas. La présence de l'ours aurait dû provoquer une toute autre agitation. Pourtant Cléon n'avait pas rêvé, quelque chose l'avait réveillé.

Il poursuivit son inspection méthodique de l'enclos. A une dizaine de mètres de lui, il aperçut alors une silhouette. Ce n'était pas une forme animale mais bien une forme humaine à demi cachée dans l'ombre du tronc d'un vieux pin. Un vide s'était créé autour de l'arbre. Toutes les brebis, sauf une, s'étaient écartées de quelques mètres. Dans cette quasi-obscurité, les silhouettes de l'homme et de la brebis ne formaient qu'un seul corps, comme soudées. Cléon reconnut la stature de Daphné et le contour particulier de sa casquette, agrémentée sur les bords d'une frange de tissu qui lui couvrait les oreilles et la nuque et qu'il n'avait pas quitté même pour manger. Positionné derrière la brebis, Daphné s'agitait en cadence. Ses deux mains agrippées à la laine courte de la brebis la maintenaient contre lui. Cléon réalisa que Daphné était en train de forniquer avec la pauvre bête. Il n'en croyait pas ses yeux. Il se concentra mais il n'y avait pas de doute. Les mouvements réguliers et saccadés au niveau du bassin confirmaient l'acte. Il distingua même l'ombre du pantalon baissé qui faisait un accordéon sombre sur ses chevilles. Cléon était stupéfait et ne savait comment réagir. La brebis restait docile. Elle semblait mâchouiller tranquillement quelques brins d'herbe ou morceaux d'écorce prenant son mal en patience, indifférente à la situation scabreuse. Sa tête rejoignait régulièrement le sol pour se ravitailler en friandises que peut-être Daphné avait déposées sciemment sur le sol. Cléon se surprit à se demander quel genre de friandises pouvaient apprécier un mouton ? En tous cas, la brebis ne manifestait ni agacement, ni désagrément. Elle était assurément inconsciente du satyre que Daphné et elle formaient, un être mi-homme, mi-mouton, réunis dans leur chair par une pratique contre-nature. Daphné était concentré sur son affaire et faisait durer son plaisir. Rien n'indiquait que la brebis le partageait. Cléon restait interdit. La scène était comme un songe halluciné, il avait l'impression de surprendre une bête mythologique, un silène en pleine bacchanale au fond des bois. Il était choqué mais aussi littéralement captivé. Il ne bougeait pas, ne pouvait se résoudre à détacher son regard, ni à intervenir. Il se trouvait face à un mystère qui le dégoûtait mais qui le fascinait. Il imagina même un instant le monstre fabuleux qui pourrait sortir du ventre de la bête si Daphné, par un accident inédit dans l'ordonnancement de la séparation des espèces, parvenait à l'ensemencer. Leur progéniture serait bouclée assurément. Cette pensée aussi subite que loufoque l'amusa et le tira de sa fascination. Il ne voulait pas se rendre complice de cet acte en gardant sa position de voyeur mais il se sentait incapable d'interpeller Daphné. Il ne craignait pas sa réaction mais, bien que n'ayant pas de sympathie particulière pour lui, il ne voulait pas lui infliger une frayeur et une honte monumentales. Par ailleurs, il ne souhaitait pas prendre le risque d'alerter le berger et de devoir assumer la situation embarrassante qui en découlerait nécessairement. La seule chose qui lui vint à l'esprit fut de se dresser sur son rocher. Il imaginait que Daphné percevrait ce changement dans son environnement immédiat, serait alerté et mettrait fin à son activité coupable. Cléon ne pouvait s'en rendre compte mais sa silhouette toujours contenue dans son sac de couchage renforçait l'aspect magique de la scène. Il formait à son tour une ombre formidable, juché sur son piédestal, un corps épais et longiligne surmonté d'une tête qu'ornait une ramure prodigieuse constituée des branches du pin situé juste derrière lui. Il représentait une sorte de dieu païen, hiératique, amoral et sévère, auquel un faune obscène et malicieux, accompagné de ses bêtes, venait prêter allégeance et promettre de redoubler d'efforts dans la luxure. Quoi qu'il en soit, l'apparition fantasmagorique ne troubla pas Daphné qui ne la remarqua pas et termina consciencieusement sa besogne. Il remonta alors son pantalon, s'essuya les mains sur le dos du mouton qui ne s'était pas éloigné, enjamba la clôture et disparut dans la nuit en direction de la cabane.

Étonnamment, Cléon n'eut aucune peine à se rendormir. Et le reste de la nuit fut calme et reposant. Ce n'est que le lendemain matin que cette vision nocturne revint agiter ses pensées.

L'arbre qui tremble

Dès son réveil, Cléon replia ses affaires qu'il alla déposer dans la tente, puis prit la direction du petit lac pour un tour matinal qui lui permettrait d'éclaircir ses idées. Heidi n'était plus la petite fille innocente qu'il avait connue. Que penser de ce qu'il avait vu cette nuit ? Et surtout que faire ? Envers Daphné, il était partagé entre la pitié et la colère. Quelle misère sexuelle pouvait conduire à une telle extrémité ? A moins que ce ne soit un goût pervers pour des expériences bizarres ? Dans tous les cas, c'était la brebis qui en faisait les frais. Sans brandir le code moral, il s'agissait clairement d'un viol sur un animal. La notion de consentement ne se posait évidemment pas. Et même si Cléon n'avait pas constaté de violence particulière de la part de Daphné, l'acte lui-même contenait une violence qu'on ne pouvait sous-estimer et dont on ne pouvait évaluer le traumatisme en pareilles circonstances. D'ailleurs rien ne disait que cette brebis ait été la seule et qu'il n'y eut que cette nuit. Cléon devait avertir le berger.

Et pourtant il hésitait. Il répugnait à se retrouver dans la position de celui qui accuse, sans preuve à présenter qui plus est et donc avec le risque de se heurter à l'incrédulité du berger qui pourrait avoir une confiance plus forte dans le comportement de son aide dont il constatait l'engagement et la compétence chaque jour que dans les dires d'un inconnu rencontré la veille. Et puis le berger pourrait mal comprendre ce qui avait poussé Cléon à s'installer proche de l'enclos plutôt que dans la tente comme il le lui avait annoncé. Si Cléon lui avait menti une fois, pourquoi ne pas penser qu'il pouvait lui mentir à nouveau ? A moins que ce ne soit une sorte de solidarité humaine mal placée qui le retenait et l'empêchait de dénoncer un congénère. Pour le coup, l'animal serait victime deux fois d'un comportement humain qui le chosifiait, qui l'infériorisait. Cléon ne se considérait pas comme un militant de la cause animale. Il pouvait même se montrer méfiant vis-à-vis des courants animalistes qui luttaient pour les droits des animaux. Sur le fond, il adhérait sûrement à la plupart de leurs idées mais l'image, certes stéréotypée, de la mamie qui considérait son caniche comme son fils ou celle du jeune militant, faux cool mais vrai misanthrope, dont l'unique passion sur terre consistait à compter les éterlous agissaient sur lui comme des repoussoirs. Il avait très vaguement suivi l'évolution législative du statut des animaux. S'il avait bien compris, depuis quelques années, la loi reconnaissait aux animaux la qualité « d'êtres vivants doués de sensibilité » mais n'avait en rien modifié le droit animal qui les associait toujours à des biens. Pour

Cléon, il était évident que les animaux étaient des êtres sensibles qui méritaient le respect et avec lesquels l'homme devait cohabiter en toutes circonstances.

Il se résolut à parler à Daphné directement, à lui faire savoir qu'il avait découvert son manège et qu'il avait intérêt à y mettre un terme au plus vite. Cléon ruminait ses pensées en bouclant son deuxième tour de lac quand, en périphérie de son champ de vision, son regard fut accroché par un mouvement insolite. La longue bande de forêt épousait les formes de la barre rocheuse et se répandait avec densité de part et d'autre sur plusieurs centaines de mètres. La crête, couverte d'arbres de toutes tailles formait une ligne irrégulière et hachée par les accidents du relief qui par endroits s'effondrait en échancrures profondes. A une centaine de mètres de lui, ou peut-être un peu plus, il avait du mal à évaluer la distance, une de ces brèches avait rendu l'implantation des arbres plus compliquée, obligeant à des espaces plus grands entre chaque spécimen. A cet endroit précis se détachait un petit groupe d'arbres au milieu duquel la pointe de l'un d'entre eux dansait.

La partie supérieure de l'arbre le plus frêle, et dont la hauteur totale se limitait aux deux tiers de celle des autres, oscillait latéralement et régulièrement jusqu'à venir alternativement toucher le bout des branches de ses voisins comme une invitation à se joindre à la danse. Le mouvement s'effectuait avec lenteur mais avec une netteté d'autant plus saisissante que le reste de la forêt était figé, comme peint sur le ciel. Aucun souffle d'air ne pouvait expliquer ce curieux phénomène.

Décidément, pensa Cléon, je me suis trouvé un compagnon de route. Car pour lui, cela ne faisait aucun doute : c'était l'ours qui, dressé sur ses deux pattes arrières, se frottait vigoureusement le dos au tronc de l'arbre et provoquait ainsi à son sommet, dans sa partie la plus souple, un mouvement de balancier au rythme nonchalant. Cléon contempla ce spectacle en se remémorant sa promesse de ne pas pister l'ours. La tentation était grande pourtant de se rapprocher pour essayer d'apercevoir enfin la bête. Mais il décida de respecter le pacte qu'il avait lui-même établi. L'ours lui indiquait sa présence et Cléon lui laissait l'initiative d'une éventuelle rencontre. Pour le moment, ils partageaient un même territoire, se tenaient à une distance respectueuse l'un de l'autre tout en s'envoyant des signes de reconnaissance. Il reprit le chemin en direction de la cabane quand il vit arriver Daphné en courant vers lui.

Daphné s'arrêta brusquement, rouge et essoufflé et l'apostropha aussitôt.

- T'as pas vu passé des brebis ? Une vingtaine au moins. Ce matin, j'ai découvert un trou dans la clôture du parc. J'ai rapidement compté le troupeau et il en manque une bonne vingtaine. Il faut que je les retrouve vite fait.

Cléon l'avait écouté débiter sa tirade en le fixant intensément comme s'il voulait parvenir à lire ses pensées. Qu'est-ce que c'était que cette histoire de brebis en fuite ? Était-ce une manœuvre de Daphné qui aurait finalement repéré la présence de Cléon la nuit précédente ? Était-il revenu après que Cléon se soit recouché pour ouvrir la clôture ? Les brebis exaspérées par ce qu'il leur faisait subir avaient-elle décidé de s'échapper ? Ou l'ours était-il venu rôder provoquant leur fuite ?

- Je t'ai vu cette nuit, j'ai tout vu.

Sa réponse avait claqué net et frappé Daphné à l'oreille comme un crochet du gauche bien ajusté. Cléon perçut une brève stupeur dans ses yeux. Daphné accusa le coup mais réagit avec une vitesse surprenante. La meilleure défense reste l'attaque.

- Mais qu'est-ce que tu racontes ? J'en ai rien à foutre de ce que t'as vu cette nuit. Je te dis que des brebis se sont enfuies et que je dois les retrouver au plus vite. Alors, tu les as vues ou non ?

- Non, je ne les ai pas vues, par contre j'ai entendu quelques bêlements par là-bas. Cléon désigna l'emplacement de l'arbre qui dansait. Heureusement celui-ci avait retrouvé sa position normale.

- Y'a longtemps ?

- Non, juste à l'instant, sur le coup je n'y ai pas vraiment prêté attention, mais d'après ce que tu me dis, tes brebis sont là-bas. En te dépêchant, tu dois pouvoir les rattraper.

Daphné partit en trombe dans la direction que Cléon venait de lui indiquer.

Cléon n'avait pas réfléchi. Surpris par l'arrivée subite de Daphné, il n'avait rien prémédité mais avait immédiatement saisi l'occasion pour régler le cas de conscience qui le taraudait. Il avait averti Daphné droit dans les yeux. Et même si celui-ci avait esquivé le sujet et les explications qui auraient dû normalement en découler, Cléon se dit que sa révélation pourrait quand même porter ses fruits et dissuader Daphné de recommencer. Ne serait-ce que par la crainte que Cléon le dénonce au berger.

Mais il avait également dirigé Daphné droit sur l'ours sans le prévenir du danger potentiel. C'était plus discutable. Il avait agi de manière impulsive et, à aucun moment, il n'avait pensé mettre réellement Daphné en danger. Probablement que l'ours détecterait son approche et aurait disparu avant que Daphné n'arrive sur place. Ce que Cléon avait en réalité espéré, c'est que Daphné, au détour du sentier, tombe nez à nez avec l'ours et en soit quitte pour une belle frayeur qui lui coupe l'envie d'abuser du règne animal. Dans son scenario, l'ours jouait le rôle du grand frère, plutôt carré des épaules et à la mâchoire serrée, qui, ayant eu vent des malheurs subies par sa petite sœur, vient donner une bonne leçon de savoir-vivre au coupable. L'outrage à l'animal domestique, sans défense et asservi, lavé par l'intervention de l'animal sauvage, fort et indomptable. La justice rendue selon les lois de la nature et non celles des hommes. Bref, toute cette histoire commençait à lui monter sérieusement à la tête et son scenario s'apparentait surtout à un délire anthropomorphiste. Cléon s'en rendait bien compte. La vérité nue était plus brutale : l'acte répréhensible commis par Daphné l'avait conduit à commettre à son tour un acte potentiellement répréhensible. Il ne pouvait pas complètement exclure, même si le risque était objectivement très faible, que la rencontre avec l'ours, si elle avait lieu, se passe mal. La réaction d'un ours qui s'est laissé surprendre pouvait être dangereuse.

Cette étape auprès du berger avait démarré sous les meilleurs auspices mais prenait un tour qui ne lui plaisait pas. Il n'avait pas choisi cette immersion dans la nature pour qu'elle soit gâchée par les travers des hommes. Il était temps pour lui de reprendre son chemin et de laisser Daphné s'extraire de sa propre turpitude.

Il rejoignit la cabane, espérant croiser le berger pour le saluer avant son départ. Mais il n'y avait nulle trace de lui. Il était sûrement parti de son côté à la recherche des brebis fugueuses. Cléon démonta la tente et refit son paquetage. Il ramassa quelques brindilles qu'il agença sur la table extérieure de manière à former le mot *merci*. En y jetant un dernier coup d'œil, il réalisa le double sens involontaire. Il remerciait effectivement le berger pour son accueil chaleureux tout en rappelant à Daphné que dorénavant, il était d'une certaine manière à sa merci et laissait planer une menace qui, il l'espérait, l'amènerait à revoir sa conduite. Aucune garantie bien sûr que Daphné saisisse ce message caché.

L'ascension

Cléon remonta le sentier emprunté la veille. Chaque pas qui l'élevait et l'éloignait de la bergerie le soulageait. Un pinson le devançait en voletant de buisson en buisson et semblait avoir décidé de l'accompagner tel un Jiminy Cricket rassurant lui répétant qu'il avait pris la bonne décision et que Daphné en serait au pire quitte pour une peur bleue. Le rythme de la marche et l'effort à fournir eurent bientôt raison des pensées troublées qui tournaient dans son crâne comme un moineau en cage. Et quand le pinson s'élança à la verticale pour sortir du couvert de la forêt, le moineau s'envola à sa suite. L'air encore frais du matin lui fouettait le sang. Cléon avançait vite et fut rapidement au sommet de la barre rocheuse puis au replat d'où il avait la veille aperçu le troupeau de moutons et commencé à repérer les lieux.

A partir de là, le sentier plongeait dans la pente, parcourait les vastes alpages, où le troupeau paissait encore hier, jusqu'à une combe boisée d'où il s'élevait pour rejoindre une crête qui paraissait proposer un itinéraire facile pour approcher le pic. Le sentier redescendant décidément trop bas pour qu'il puisse l'emprunter, Cléon devait improviser un autre parcours. Il s'assit sur un affleurement rocheux et se concentra sur le flanc de la montagne qui à sa droite s'inclinait fortement et soutenait le sommet. Il lui faudrait d'abord traverser la pente herbeuse assez raide. Celle-ci ne présentait pas de difficulté particulière mais se heurtait plus loin à une première barre rocheuse qui inaugurait une zone rocailleuse assez chaotique et de plus en plus verticale au fur et à mesure qu'elle s'élevait. D'où il se situait, il ne pouvait voir au-delà de cette première barre et ne pouvait donc pas être sûr que la voie était praticable. Au moins ne distinguait-il pas de grandes falaises qui auraient interdit tout passage. Il semblait plutôt que du sommet descendaient de nombreux couloirs rocheux qui s'enchevêtraient en un labyrinthe abrupt proposant peut-être autant d'options pour l'ascension. Ces couloirs étaient eux-mêmes bordés d'arêtes très sculptées où des roches de toutes tailles s'étageaient en immenses marches certes irrégulières et parfois surdimensionnées mais qui, il l'espérait, seraient stables et permettraient une escalade relativement aisée. Le chaos rocheux finissait son effondrement beaucoup plus bas et nourrissait un vaste pierrier qui se déversait à son tour dans la combe dont il encombrait tout le pourtour ouest. Cléon repéra assez haut dans le pierrier un autre sentier le traversant latéralement mais ce sentier ne constituait qu'une variante pour rejoindre la combe, il frôlait l'extrémité basse des arêtes rocheuses pour ensuite redescendre en lacets serrés et rapides jusqu'à la forêt dont certains arbres avaient arrêté net la course de gros bloc rocheux encaissant le coup comme des piliers de rugby.

Ce qu'il avait sous les yeux confirmait et affinait les conclusions qu'il avait tirées de l'étude de la carte la veille mais ne lui garantissait pas pour autant la faisabilité de son projet. Il était seul et sans matériel, il lui faudrait donc être prudent et ne pas hésiter à rebrousser chemin si nécessaire. Les quelques expériences qu'il avait de la montagne le confortaient sur sa capacité à faire preuve de discernement. Tout en se sachant agile, Cléon n'était pas un casse-cou et il ne s'était jamais blessé sérieusement ou retrouvé dans une situation périlleuse faute de l'avoir correctement évaluée. A croire qu'il avait quand même besoin de s'en convaincre et de se rassurer avant de s'engager dans un itinéraire qui rassemblait toutes les qualités pour lui en faire baver et lui donner quelques sueurs, plus ou moins froides, il en jugerait bientôt.

Il était encore tôt et l'air frais se supportait mieux en mouvement. Cléon reprit donc sa marche et quitta résolument le sentier. L'ombre maintenait pour quelques instants la rosée plaquée sur l'herbe mais les arêtes rocheuses situées un peu plus à l'ouest se chauffaient déjà au soleil montant. Ses chaussures rapidement trempées en surface fendaient sans trop de précaution l'alpage et contraignaient les soldanelles à un écrasement facial soudain et digne des entraînements les plus martiaux. Leur tige souple leur permettrait sûrement de s'en remettre. A l'inverse, Cléon contournait les plaques de rhododendrons par égard pour leur délicates fleurs roses et parce qu'il aurait été stupide de se tordre une cheville dans leur fouillis végétal. Ne pouvant tellement détourner son regard de ses pieds sur ce terrain irrégulier et pentu, il marquait de très courtes pauses pour admirer régulièrement le panorama qui sur sa gauche s'ouvrait en une succession de vallées et de sommets qui se brouillaient au loin dans les restes de brumes matinales. En bas, il suivait du regard le dessin sinueux du sentier qu'il surplombait et repéra l'endroit où celui-ci se séparait en deux proposant pour les plus aventureux une voie plus directe mais un peu plus ardue à travers le pierrier.

Il lui fallut une bonne demi-heure pour atteindre la barre rocheuse. Une fois à son pied, il fit une pause pour boire un coup et surtout réajuster les sangles de son sac à doc afin qu'il lui colle au corps et qu'aucun ballottement ne le gêne dans ses mouvements. De la même manière, il défit entièrement ses lacets et les relaça aussitôt en terminant par un double nœud bien serré. Il était prêt. Il escalada rapidement et facilement les quelques mètres qui le séparaient du dessus de la barre. Ce n'était pas à proprement parler de l'escalade, ses mains ne lui servirent qu'à assurer de brèves touches sur les gros rochers entre lesquels il crapahutait afin de faciliter l'équilibre et de diminuer l'effort de ses jambes. Une multitude de petites pierres et autres débris rocheux jonchait la surface des roches plus grandes. L'endroit n'étant pas fréquenté, il n'était pas purgé de tous ces petits fragments qui encombraient le sol et dont il fallait se méfier pour la tendance qu'ils avaient à rouler sous les semelles même les plus crantées.

Du haut de la barre, Cléon ne vit, comme il s'en doutait, qu'une succession de barres identiques et plus ou moins parallèles qui se répartissaient sur au moins cinq cents mètres de large et convergeaient en se resserrant vers le sommet qu'il ne pouvait voir étant situé nettement en contrebas. Il décida d'abord d'avancer de manière horizontale sans trop chercher à s'élever, en franchissant les arêtes et couloirs successifs de manière à repérer la voie la plus directe et la plus accessible pour atteindre la cime. Et si alors aucune voie ne lui semblait envisageable, il espérait par ce choix pouvoir rejoindre la crête qu'il avait aperçu plus tôt et sur laquelle il supposait retrouver le sentier, même si cette option signerait une forme de renoncement. A cette heure la crête lui semblait de toute façon bien lointaine et rien ne garantissait qu'une faille trop profonde ou une paroi trop raide ne lui en interdisent pas l'accès.

Il avait l'impression de s'engager sur le dos boursouflé d'un dragon vautré sur la montagne et il devrait se faire léger et discret parmi les écailles sombres et tranchantes.

Cléon redescendit prudemment de l'autre côté de la barre et accéda à une sorte de petite corniche étroite qui lui permit de progresser à flanc de montagne sur une vingtaine de mètres. Il prenait garde à ne pas heurter le côté droit de son sac contre les pierres qui dépassaient en désordre et qui auraient pu le déséquilibrer et le faire tomber dans une pente bien trop raide pour imaginer s'arrêter facilement. La corniche venait buter contre une nouvelle arête plus imposante et il dut escalader trois mètres d'une paroi accidentée, que le soleil encore récent peinait à réchauffer, pour atteindre une vire dont l'extrémité disparaissait de l'autre côté. Pour le moment, la progression ne lui posait pas vraiment de problème même si l'ensemble était plus raide et vertigineux que ce à quoi il s'attendait. Une fois sur la vire, il souffla sur ses doigts légèrement engourdis de froid au contact de la pierre et contourna l'arête qui bordait un nouveau couloir large de cinq ou six mètres. Le couloir très raide avait une teinte plus sombre que les précédents. Il était surtout beaucoup plus lisse. Aucune pierre ne l'encombrait et la terre se mêlait au schiste dont les fines lamelles disposées en feuillets parallèles de quelques millimètres d'épaisseur striaient la surface comme la tranche d'un livre. Ce couloir portait les traces d'un effondrement récent qui l'avait débarrassé de toutes les roches qui s'y étaient accumulées et qui avaient dévalé la pente jusqu'au pierrier qui chaque printemps grossissait de ces largages bruyants.

Cléon posa un pied en travers du passage en tentant d'en raboter la surface pour assurer sa prise. Il se positionna face au couloir les mains posées à plat contre la terre friable de part et d'autre de sa tête et commença à évoluer doucement, résolu à faire de petits pas de côté qui lui permettraient de traverser sans encombre. Sa position était plutôt confortable mais la raideur de la pente et l'absence d'aspérités pour s'accrocher rendaient tout de même le passage très délicat. C'était un peu comme remonter ou traverser un toboggan géant, la moindre chute entraînerait une glissade qui le projetterait à grande vitesse dans le pierrier situé une bonne cinquantaine de mètres plus bas. Hors de question de déraper donc. Il décala son pied gauche. Ses mains comme ses pieds cherchaient à s'enfoncer dans la terre mais celle-ci, bardée des fines plaques de schiste, offrait une résistance tenace. Il tordit ses chevilles de manière à positionner ses pieds en canard, tournés vers l'extérieur, afin d'augmenter la surface de contact avec le sol. Ses doigts se faisaient griffes et il recherchait les points d'équilibre qui lui permettaient de bien répartir son poids sur l'ensemble de ses membres. Il se surprit à respirer plus fort. A mi-chemin dans le couloir, le stress augmentait. Sa progression était désespérément lente et le poids du sac semblait le tirer avec insistance vers le bas. Cléon devait faire preuve d'une concentration extrême pour éviter le moindre faux pas. Ce banal couloir de terre, large de seulement quelques mètres, s'avérait plus dangereux qu'il n'y avait paru. Une perte d'équilibre serait extrêmement difficile à rattraper sur cette surface et la pente augmenterait très vite la vitesse d'une chute qui le mènerait tout droit se fracasser sur les rochers qui avaient dégringolé avant lui. Cléon évacua rapidement ces images sinistres pour ne pas se laisser gagner par la peur. Il expira profondément, déplaça à nouveau son pied gauche et ramena aussitôt son pied droit à l'emplacement laissé vacant par le premier. La douleur montait gentiment dans ses chevilles mais restait supportable. Ses doigts se crispaient sur les écailles pierreuses et ses ongles se noircissaient de terre. Au moment où il s'apprêtait à déplacer à nouveau sa jambe gauche, son pied droit glissa vers le bas d'une quinzaine de centimètres. Cléon se figea, rapprochant au maximum son bas-ventre du sol et essayant de forer la terre avec ses doigts trop tendres. La sueur lui mouillait le dos alors même qu'il avait presque froid dans ce couloir trop profond pour que le soleil ne l'atteigne complètement. Inquiet qu'une crampe ne l'affecte rapidement, Cléon recommença à bouger imperceptiblement son pied droit de manière à s'assurer qu'il avait retrouvé une stabilité suffisante pour reprendre sa progression. Il continua ainsi tel un crabe maladroit et hésitant et atteignit le rebord opposé avec un soulagement coupable. Il s'était clairement laissé surprendre par ce passage dont il n'avait pas soupçonné le danger. Jusque-là, son attention s'était plutôt focalisée sur les rochers dont il vérifiait la stabilité et scrutait l'aspect. Il avait réussi à déterminer un parcours d'escalade facile où l'usage des mains donnait un supplément de confort mais n'était pas toujours absolument nécessaire. Et là, un simple éboulis lui avait collé la frousse de sa vie. Il aurait dû mieux observer et chercher plus haut ou plus bas un passage meilleur. C'est en tous cas ce à quoi il devrait se résoudre si, pour une raison ou une autre, il devait faire demi-tour plus loin. Pas question de s'engager dans ce passage pourri une deuxième fois, le risque était trop grand et l'issue d'une chute trop certaine. Cléon monta en diagonale sur le bord du couloir, heureux de retrouver les angles francs et résistants de rochers qui formaient une main courante irrégulière mais rassurante.

Trois voix

Juché sur un ressaut qui dominait le couloir et donnait un peu de perspective sur la suite de l'itinéraire à emprunter, Cléon s'accorda une pause, tant pour détendre ses muscles contractés que pour se remettre de ses émotions. Il fixait le pierrier situé en contrebas comme s'il devait encore se convaincre du matelas douloureux qui l'aurait réceptionné en cas de chute. Aucune chance de ne pas se briser une cheville ou le cou. Le haut du pierrier était constitué de gros blocs empilés de manière désordonnée et dans un équilibre qui paraissait instable et donc menaçant. Ce n'est que plus bas que la taille des pierres diminuait et s'harmonisait transformant progressivement l'amas chaotique en un champ de pierres que l'on pouvait alors dévaler sans trop de risques. Le sentier que Cléon avait repéré plus tôt séparait justement ces deux zones. Quand les pierriers s'apparentaient à d'immenses tas de graviers et que la configuration des lieux s'y prêtait, Cléon n'hésitait pas à se lancer face à la pente en longs dérapages contrôlés déclenchant de petites avalanches de pierre dans lesquelles ses chevilles se noyaient. Franchement, c'était un plaisir simple et grisant qu'il fallait avoir expérimenté au moins une fois dans sa vie.

Les joies de la montagne ayant repris le pas sur ses dangers, Cléon se sentait d'humeur à poursuivre l'ascension. Il examinait la pente au-dessus de lui se disant qu'il lui fallait commencer à grimper plus nettement en direction du sommet. Pour le moment, il avait tracé une ligne plus ou moins horizontale et parallèle au sentier situé plus bas. Il cherchait maintenant du regard un passage qui ne finirait pas en cul-de-sac, conscient que la désescalade était un exercice souvent plus difficile que l'escalade elle-même. Il voulait à tout prix éviter de se retrouver bloqué plus haut. Mais le terrain accidenté ne laissait pas sa vue porter très loin et il lui faudrait en définitive s'engager au jugé en espérant avoir fait le bon choix et compter sur un peu de chance. Tout en observant la montagne à la recherche de l'itinéraire le plus sûr, Cléon crut percevoir des voix qui montaient jusqu'à lui.

Il tendit l'oreille. Plusieurs voix encore indistinctes et hachées lui parvenaient effectivement par à-coups. Des randonneurs devaient remonter la piste du pierrier et l'écho de leurs voix se heurtait au relief et se répercutait de manière aléatoire sur les roches. Parfois une phrase entière réussissait à passer, parfois seul un mot ou deux montaient jusqu'à lui et arrivaient tellement essoufflés que Cléon ne pouvait les comprendre. Il avait l'impression de chercher à régler une station sur une vieille radio. De larges portions du sentier masquées par les plis du relief lui étaient invisibles, et tandis que les voix se rapprochaient, Cléon ne réussissait pas encore à localiser leurs auteurs. Il lui suffisait de patienter un peu car à l'aplomb du ressaut où il se trouvait et sur une centaine de mètres de long, la ligne gris clair du sentier avançait à découvert.

Les voix se précisaient et Cléon se concentra. Il pariait sur trois randonneurs même si à ce moment précis seules deux voix s'entremêlaient. Mais il était sûr d'avoir entendu une intonation plus grave quelques minutes auparavant. Le ton était celui d'une conversation joyeuse et animée. Il s'agissait de deux voix féminines. Le timbre des voix ne laissait pas de doute. Les sons lui parvenaient de manière claire et il sut, au rythme et aux sonorités des séquences, que la langue que ces inconnues parlaient n'était pas étrangère mais paradoxalement il ne pouvait pas comprendre le sens de leurs paroles. C'était comme si l'air ne portait que la musicalité de la conversation. Ce babil agréable et rapide variait en intensité au fur et à mesure de son avancée. La troisième voix plus grave, dont Cléon ne pouvait déterminer le genre, se faisait maintenant entendre de manière plus régulière et apportait un contre-point qui ajoutait encore à l'harmonie de l'ensemble. Cléon se laissait charmer par ce ruisseau sonore ponctué de brèves cascades de rire. Sa curiosité avait été piquée et il ne bougerait pas avant d'avoir aperçu les marcheuses.

Lorsque les trois silhouettes apparurent enfin sur le sentier, Cléon fut surpris par leur petitesse. Aucun élément précis ne lui avait permis jusque-là d'évaluer l'échelle démesurée du pierrier et le volume assez élevé des voix lui avait fait sous-estimer la distance. De son perchoir, il ne distinguait pas précisément les couleurs de leurs vêtements et si les silhouettes étaient assez précises, il était bien incapable de voir les visages et de déterminer s'il était en présence de trois femmes ou seulement de deux. D'ailleurs la distance ne lui permettait pas d'attribuer chaque voix à une personne. La voix la plus grave gardait donc sa part de mystère. Les silhouettes évoluaient d'un pas tranquille, séparées les unes des autres de quelques mètres. La conversation roulait jusqu'à lui en flot continu mais restait inintelligible. La vibration sonore qui lui parvenait contenait néanmoins l'émotion propre à des échanges enjoués à l'occasion d'une randonnée entre amis. Les trois silhouettes ne se doutaient pas que des oreilles indiscrètes les écoutaient. Fondu dans la masse de la montagne, Cléon devait être quasiment invisible depuis le bas comme un bouquetin immobile dont la robe brune s'accorde aux dalles de pierre sombre.

Du côté de la montagne, un autre bruit attira son attention. Une demi-douzaine de pierres pas plus grosses que des noix dégringolaient à petite vitesse, ricochant en sauts de cabri et tintant sur les surfaces compactes qu'elles frappaient. Quelques mètres plus bas, leur course s'arrêta net quand elles se logèrent dans des anfractuosités qui constitueraient, après cette brève escapade, leur nouvel emplacement pour une éternité. Cléon, alerté, scrutait la paroi, mais plus rien ne bougeait.

Soudain des claquements secs et espacés déchirèrent l'air. Cléon se plaqua contre la paroi. Les claquements se rapprochaient à grande vitesse et s'intensifiaient comme des coups de masse portés sur un mur. A trois mètres devant lui, Cléon vit passer une pierre grosse comme la jante d'une roue de voiture qui rebondissait à chaque impact, explosant tout sur son passage, et gagnait en vitesse en tournoyant. Chaque bond lui faisait franchir une distance de plusieurs mètres et dans quelques secondes elle serait sur les randonneuses en contrebas. Les silhouettes s'étaient clouées sur place dans le pierrier. Elles avaient entendu le bruit de l'éboulement et cherchaient sûrement à repérer précisément la trajectoire de la chute. Mais la pierre déboulait beaucoup trop vite. Cléon suivait sa course bondissante avec stupeur. Seul élément mobile de toute la scène, elle semblait évoluer dans un décor figé comme échappée d'une autre dimension. Elle fonçait droit sur les randonneuses tel un chien fou dans un jeu de quilles.

La pierre

La pierre, tournant sur elle-même à grande vitesse, était un disque furieux, la lame d'une scie circulaire prête à fendre et hacher n'importe quel objet placé sur son passage. Elle continuait obstinément sa descente en direction des randonneuses. Rien ne pouvait dévier sa trajectoire maintenant. Cléon, toujours plaqué contre la roche, suivait des yeux sa course folle, elle n'était plus pour lui qu'un gros point sombre, un insecte qui fendait l'air et dont le vol bizarre se résumait à une succession de bonds agressifs, ponctuée d'un bruit sec à chaque impact.

Les randonneuses n'avaient pas bougé, tétanisées par la scène, elles s'étaient figées comme trois mannequins au stand de tir. Cléon assistait impuissant à ce terrible jeu de massacre et de hasard. Il ne voulait pas imaginer le corps frappé à pleine puissance qui basculerait désarticulé dans le pierrier ou pire la tête arrachée d'un coup qui dévalerait à son tour la pente dans une course-poursuite macabre et grotesque avec la pierre qui l'aurait décapitée quelques instants plus tôt.

Les randonneuses séparées de quelques mètres s'étaient tues et, si cela n'avait pas été le cas, la pierre se serait chargée de trancher net le fil de leur conversation quand elle passa tel un boulet cabossé à la hauteur d'épaule des deux les plus à gauche. Elle disparut rapidement du champ de vision de Cléon pour finir par se fracasser comme un bolide hors de contrôle contre le tronc d'un arbre ou une roche plus imposante qu'elle dans un dernier claquement dont remonta le son étouffé. Le silence retrouvé masquait un calme précaire. Les bruits saccadés d'une nouvelle course effrénée parvinrent du sentier. Les marcheuses comme sorties de leur torpeur couraient à toutes jambes pour quitter cette zone mortelle où le drame avait failli surgir comme un mauvais diable de sa boite.

Cléon les vit s'éloigner rapidement. Tout s'était joué en quelques secondes. Et il n'avait pas vraiment eu le temps d'avoir peur. Les autres protagonistes de la scène avaient maintenant disparu et si ses oreilles ne résonnaient pas encore des chocs sonores et sinistres de la pierre, il pourrait penser avoir halluciné. Il s'étonna, qu'à part les quelques cailloux qui l'avaient précédée, la pierre n'ait pas été suivie d'un cortège de roches diverses provoquant au passage un éboulement plus conséquent. Ses coups puissants lors de ses fréquents retours au sol avaient pulvérisé de nombreux cailloux et projeté des éclats alentour sans avoir non plus entraîné d'autres pierres dans la pente.

Il scruta à nouveau la face de la montagne d'où elle avait surgi mais le silence et l'immobilité régnaient à nouveau. Cléon n'était pas pleinement rassuré pour autant ; cette pierre ne s'était pas décrochée toute seule. Cléon ne voyait que deux hypothèses : un autre randonneur ou un animal. Il était éloigné de tout sentier balisé, et à moins que la pierre ne soit tombée du sommet de la montagne, l'hypothèse qu'un autre randonneur le précède dans cette zone, en hors-piste comme lui, lui paraissait assez improbable. Par ailleurs, et à moins d'un geste intentionné auquel il ne voulait pas croire, il avait du mal à imaginer que des pierres de cette taille puissent se trouver dans un équilibre aussi instable sur un sommet qui était régulièrement fréquenté et qui était donc selon toute vraisemblance purgé de ce genre de risques. En revanche l'idée qu'un bouquetin, au lancement ou à la réception d'un saut, dérange d'un puissant coup de patte une grosse pierre en équilibre précaire sur une vire lui semblait tout à fait possible. Les bouquetins affectionnaient ce genre de versant rocheux. Bref, il s'agissait sûrement d'un incident malheureux, d'un enchaînement de circonstances improbables qui avait failli mal tourner et mais qui au final laissait tout le monde quitte pour une sacrée montée d'adrénaline.

Cléon, raisonnablement convaincu de son hypothèse et surtout du fait qu'elle avait peu de chance de se reproduire deux fois au même endroit et au même moment, préféra quand même quitter à son tour rapidement la zone sans attendre de voir si la montagne allait lui dégringoler encore sur la tête. Après tout, si des bouquetins se déplaçaient au-dessus de lui, les mêmes causes pouvaient produire les mêmes effets.

Il lui fallut quelques pas pour se sentir à nouveau totalement assuré sur ses jambes et il était plus déterminé que jamais à trouver rapidement une voie qui lui permettrait de s'élever franchement et de réduire le temps et la distance où il serait exposé à ce genre d'incidents.

Cette ascension, qu'il avait imaginé plutôt tranquille, le confrontait finalement à des dangers bien réels. La montagne lui rappelait par des situations pourtant anodines, un couloir raide, une pierre qui tombe, qu'elle ne constituait pas un environnement à sa mesure, qu'il ne maîtrisait rien, ni les éléments, ni finalement les techniques qui permettaient de survivre dans un contexte aussi radical. Il aurait beau faire, il n'était pas adapté à ce milieu, ni plus ni moins que ses semblables d'ailleurs. Cléon se promit de redoubler de vigilance pour le reste de cette ascension qui était loin d'être terminée. Il espérait que la suite se ferait plus sereinement, mais rien n'était moins sûr, une longue distance le séparait encore du sommet et rien ne garantissait qu'il allait pouvoir progresser facilement dans ce dédale qui lui réservait peut-être d'autres surprises. Au moins grimpait-il sous un soleil maintenant généreux qui sans le plomber baignait cette face rude d'une lumière et d'une chaleur agréable.

Le tichodrome échelette

Cléon longea la paroi qui l'avait abritée et qui s'étirait sur une dizaine de mètres avant de s'ébouler en agrégats disparates que l'on pouvait alors escalader. Il gravit quelques blocs et porta à nouveau son regard vers le haut. La raideur de pente et l'aspect désordonné des roches qui prenaient appui les unes sur les autres rendaient la lecture du relief difficile. Il renonça à trouver une voie directe et franche qui le mènerait au sommet et se préparait mentalement à s'engager au hasard et à faire de multiples circonvolutions parmi les rochers pour progresser. Cela signifiait plus de temps. Cléon possédait maintenant une montre et il la sortit de son sac pour y jeter un œil. Elle lui indiqua que l'après-midi venait de débuter. Cléon fut un peu surpris mais l'intensité du soleil confirmait cette information. La traversée du couloir lui avait pris plus de temps qu'il avait pensé et il avait globalement progressé à un rythme lent et prudent. Cela dit et en théorie, l'après-midi lui suffirait largement pour finir l'ascension et, une fois en haut, il aviserait sur la suite de son programme en fonction de l'avancée du jour. Il pouvait donc se permettre de tâtonner dans la montée, de tenter des passages et des détours. De toute façon, il n'avait pas vraiment le choix. Cléon estimait qu'en deux heures, il pouvait être en haut. Au moins pour le moment, la question du temps ne constituait pas une contrainte supplémentaire, il pouvait se concentrer sur la manière de gérer le terrain.

N'ayant pas spécialement faim, il décida quand même de casser rapidement la croûte pour pouvoir ensuite enchaîner d'une traite la dernière longueur de l'ascension. Plusieurs tranches de saucisson agrémentées de figues et de chocolat furent avalées en quelques minutes et il reprit sa marche. Il grimpait à l'ombre d'une arête imposante dont il suivait pour le moment sans peine la base. Il avait hésité à la franchir comme les précédentes pour découvrir le relief derrière elle mais s'en était tenu à sa récente résolution. Il lui fallait monter. L'option paraissait la bonne. Cléon s'élevait rapidement et facilement le long de l'arête. Elle faisait comme un long mur rassurant qui le guidait et le protégeait. Tout en grimpant, Cléon remarqua, une dizaine de mètres au-dessus de lui, la forme grise et oblongue d'un tichodrome qui arpentait la muraille. Il sautillait et donnait de très brefs battements d'ailes dessinant un tracé erratique sur les rochers dont il fouillait de son long bec effilé les moindres interstices à la recherche d'araignées ou d'autres invertébrés. Son plumage gris et sa gorge noire se confondaient à merveille avec la roche. Ses ailes de papillon qu'il écartait par instants dévoilaient la magie de leur maquillage de clown, bandes rouges et gros points blancs. Cette rencontre effaçait toutes les difficultés et les tensions précédentes, quoi qu'il advienne encore, Cléon avait gagné sa journée en croisant la route de ce compagnon rare et ravissant. Le tichodrome précédait Cléon. Il gardait la distance et semblait presque l'attendre et jeter des coups d'œil rapides dans sa direction pour s'assurer qu'il arrivait à suivre. Cléon bien que concentré sur sa progression, lançait également des regards furtifs à son guide. Car c'était comme cela qu'il avait décidé de le considérer. Après une matinée semée d'embûches, il voulait voir l'oiseau comme un bon présage qui rendait le terrain moins hostile et lui ouvrait la voie.

La pente se redressa encore et Cléon dut plus souvent utiliser ses mains pour assurer ses prises. Tandis qu'il prenait le temps de vérifier la bonne tenue de chaque roche, l'oiseau l'attendait patiemment, lissant quelques plumes avec son bec avant de poursuivre sa quête bondissante. Bientôt, Cléon dut à nouveau prendre une décision, l'arête se redressait trop fortement pour qu'il puisse continuer à la suivre. Seul et sans matériel c'était trop risqué et il ne jouait pas à armes égales avec le tichodrome dont les pattes se terminaient par de véritables grappins articulés. Il jeta un regard au grimpereau qui avait obliqué sur la gauche et il opta lui-aussi pour traverser par la gauche et trouver une voie moins verticale. Pour la première fois, atteindre le dos de l'arête exigea quelques pas d'escalade, d'un niveau certes très facile mais que la présence lourde et gênante de son sac à dos et la conscience des conséquences d'une chute intensifiaient. Ces quelques mètres donnèrent en tous cas à Cléon l'occasion de mesurer concrètement ses limites. Il lui fallait à tout prix éviter ce genre d'exercice sur une longue distance qui ne lui permettrait pas au préalable d'évaluer la difficulté sur le passage complet. Car redescendre alors serait une opération encore plus difficile et stressante.

Il rejoignit le tichodrome qui, juché sur un rocher, s'élança dans le vide d'un vol léger, laissant Cléon admirer une dernière fois l'explosion colorée de ses ailes. L'oiseau avait achevé sa mission. A Cléon de la poursuivre, seul à nouveau. Il avait remonté l'arête pendant une petite heure et gagné quelques centaines de mètres. Sans pouvoir évaluer ce qui lui restait à faire, la distance jusqu'au sommet devait s'être réduite significativement. Cléon avait retrouvé confiance dans son entreprise. Sans qu'il ne se l'avoue vraiment, la matinée l'avait quand même bien secoué. Et il n'était plus aussi sûr de réussir. Mais même battre en retraite était loin d'être évident s'il ne trouvait pas un autre passage pour éviter le couloir qui lui laissait un très mauvais souvenir. Il commençait surtout à s'en vouloir de s'être lancé dans une telle aventure pour une stupide règle du jeu qui l'avait finalement mis en danger. Cette dernière heure avait heureusement changé la donne, il avait bien progressé sans rencontrer de difficultés particulières et en ayant le sentiment de faire les bons choix. Et puis il avait vu un tichodrome, cerise rouge sur gâteau de granit.

Cléon but une longue rasade d'eau, rangea sa gourde et s'engagea dans ce qu'il espérait être la dernière section à franchir.

La faille

Depuis la dernière arête, il n'avait pas trouvé de ligne évidente et le relief torturé le contraignait à des zigzags et des contournements constants. Mais au moins il avançait. Il commençait à sentir une certaine fatigue dans les jambes que cette pente accidentée sollicitait particulièrement. Elles franchissaient de hautes marches et maintenaient les chevilles dans des positions inconfortables, toutes en tension et en angles aigus. Cléon avait beau se redresser et reculer sa tête autant que possible, il ne parvenait toujours pas à voir le sommet. Cela faisait pourtant deux bonnes heures qu'il grimpait depuis sa courte pause-déjeuner. Cette dernière partie avait demandé beaucoup d'efforts pour s'élever péniblement à travers de gros blocs rocheux souvent plus hauts que lui entre lesquels il fallait se faufiler et parfois se contorsionner pour les dépasser ou les escalader avant de s'attaquer aux suivants. Les roches se resserraient autour de lui et les options se réduisaient d'autant mais Cléon y voyait le signe encourageant qu'il approchait sans doute de la cime.

Il émergea d'un passage étroit entre deux énormes rochers pour déboucher sur une plateforme étroite et légèrement en pente. Face à lui, une paroi de quatre bons mètres lui bloquait totalement le passage. Une faille profonde et large d'une cinquantaine de centimètres la traversait de haut en bas. Cléon se retrouvait dans la situation qu'il avait redoutée depuis le début : bloqué juste avant l'arrivée et contraint de faire demi-tour. Il ausculta les bords de la plateforme pour voir si, d'un côté ou de l'autre, il pouvait passer, quitte à redescendre un peu. Mais la paroi débordait largement de part et d'autre de la plate-forme, interdisant la montée et les bords du replat étaient eux-mêmes trop raides pour être désescaladés. Cléon était dépité. Rebrousser chemin l'obligerait à redescendre difficilement jusqu'à l'arête car, pendant toute cette dernière portion de montée, c'est la montagne qui avait dicté à Cléon son itinéraire ne lui laissant pas le choix dans les passages à emprunter. Et même une fois revenu sur l'arête qu'il avait longuement longée, il n'était pas sûr de trouver un autre parcours qui ne finirait pas de la même manière c'est-à-dire en cul-de-sac. Et les heures avaient passé. Cléon, s'assit dos à la paroi pour reprendre son souffle et contrer le découragement qui commençait à le gagner. Tout redescendre, à imaginer qu'il parvienne à éviter le couloir qu'il ne voulait sûrement pas retraverser avec des jambes fatiguées, était encore possible. Cela serait long et laborieux mais c'était possible, du moins au regard de l'avancée de la journée. Seulement, cela signifiait revenir à la case départ et quoi, passer la nuit sur l'alpage et reprendre le sentier le lendemain ? Même s'il était conscient que la situation commandait de laisser tomber la règle absurde et artificielle qu'il s'était imposé, c'était quand même une option qui allait lui demander beaucoup d'efforts mal récompensés en mettant un terme à son aventure. Redescendre et tenter l'ascension par un autre itinéraire ne lui semblait par ailleurs absolument pas réaliste. Il n'avait plus le temps et peut-être même plus l'énergie suffisante pour tout recommencer.

Cléon réfléchissait les yeux rivés sur le panorama magnifique qui s'était encore étendu avec l'altitude. Il raffermit sa volonté et ses pensées.

Le sommet ne pouvait pas être loin. La seule solution consistait à monter. Il se releva et ausculta la paroi en détails. Elle n'en imposait pas par sa hauteur, somme toute modeste, même s'il ne fallait pas négliger le fait qu'elle ponctuait elle-même une succession de pentes rocheuses qui accentuerait la sensation de vide. En revanche la difficulté résidait dans sa surface lisse qui n'offrait que très peu d'aspérités. Cléon avait beau scruter la paroi, il ne voyait pas se dessiner une voie qu'il aurait pu emprunter. C'était un niveau d'escalade complètement hors de sa portée surtout dans ces conditions, sans matériel, lesté d'un lourd sac à dos et à une altitude déjà impressionnante en elle-même.

L'unique possibilité était de se glisser dans la faille, de s'y arc-bouter et de la remonter comme une cheminée sur toute sa longueur. Cela présentait plusieurs avantages. S'il parvenait à s'y introduire, la fissure jouerait le rôle d'un boyau protecteur qui réduirait de beaucoup la crainte du vide. Par ailleurs, en plaquant son dos d'un côté et en plaçant ses pieds en opposition de l'autre côté, il pouvait arriver à progresser en se coinçant successivement à l'intérieur, ce qui économiserait ses forces et limiterait beaucoup le risque de chute. Cléon inspecta plus finement la faille. Sa largeur égalait à peu près sa profondeur et restait régulière jusqu'en haut. Les parois intérieures étaient franches et striées de réglettes qui faciliteraient la montée.

Cléon cherchait à se convaincre que c'était largement faisable et il y arrivait plutôt bien. La perspective de redescendre tout ce qu'il avait gravi jusqu'ici agissait comme un puissant repoussoir qui augmentait sa motivation à tenter le coup. L'inspection minutieuse de la faille l'avait rassuré. Et il se dit que même s'il se retrouvait à nouveau bloqué après l'avoir franchie, elle pourrait être redescendue aussi facilement avec la même technique. Il lui faudrait juste gérer son appréhension, se concentrer sur ses mouvements et planter ses yeux dans la roche plutôt que dans le vide qui l'environnait.

Restait un inconvénient majeur. Il ne pourrait jamais monter avec son sac sur le dos. La largeur de la fissure était insuffisante et de toute façon le sac le gênerait trop dans ses mouvements. Il ne disposait pas non plus d'une corde qu'il aurait pu attacher au sac resté au sol et laisser filer derrière lui pour enfin le hisser une fois parvenu en haut. Il avait beau tourner le problème dans sa tête, il ne voyait pas d'autre alternative que de l'abandonner derrière lui.

Le temps pressait maintenant et Cléon ne tergiversa pas. Il vida le contenu de son sac par terre et fit un inventaire rapide de ce qu'il voulait prendre avec lui. Ce n'est pas tant que les choses que le sac contenait avaient de la valeur mais certaines lui seraient encore utiles voire indispensables pour la suite de son périple. Même si on était en été, les nuits restaient fraîches à cette altitude et il lui faudrait bien en passer encore au moins une dehors. Le volume de la tente et du duvet les disqualifiait d'office et il les replaça dans le sac. Cléon décida d'empiler des couches de vêtements afin de pouvoir résister au froid le soir venu et d'en profiter pour bourrer toutes les poches de ce qu'il pourrait. Il voulait évidemment conserver avec lui certains objets comme sa carte, sa montre, sa lampe frontale, son couteau. Le reste de ses victuailles lui serait également nécessaire. Cléon s'organisa rapidement. Il doubla ses chaussettes et son caleçon, remit son pantalon et revêtit deux tee-shirts sur lesquels il passa un pull chaud. Son anorak serait enfilé par-dessus le tout au dernier moment. Il crèverait de chaud mais les différentes couches présenteraient l'avantage d'amortir la rugosité de la roche contre son dos pendant qu'il se tortillerait dans la faille. Il fourra également dans ses poches sa cape de pluie et regretta de ne pas avoir de couverture de survie.

Une fois paré, il bloqua le sac dans le bas de la faille. Il le retrouverait au cas où il serait obligé de redescendre. Et à défaut, il serait à peu près protégé des intempéries et pourrait être récupéré plus tard. Cléo en doutait néanmoins. Il enfila son anorak. Les multiples épaisseurs de vêtements ne limitaient pas trop ses mouvements et il avait réussi à prendre avec lui tout ce qu'il désirait. Plus rien ne le retenait donc. Il but une longue gorgée à sa gourde qu'il fixa ensuite à sa ceinture au moyen d'un petit mousqueton accroché au bouchon. Il se mit de côté pour se mettre en position dans la fissure et réussit à se coincer juste au-dessus du sac, le dos bien à plat. La largeur n'était pas suffisante pour profiter pleinement de l'opposition entre les deux parois intérieures de la faille et il ne pouvait pas mettre ses pieds à plat contre la roche. Il devrait donc maintenir les pointes de ses chaussures sur la surface assez lisse et s'aider de ses genoux pour se bloquer complètement. Rien de très confortable donc mais la cheminée n'était pas très haute. Ses mains serraient une réglette qu'il avait au niveau des yeux. Il essayait de ne pas penser à où il était, ni à ce qu'il faisait. Il craignait de perdre ses moyens quand il serait à quelques mètres du sol et il combattait sa crainte du vide en essayant de le faire en lui. Il fixait la paroi et respirait profondément. La montée fut lente mais régulière. Bien sûr, il fut assez vite en nage mais c'était plus à cause de la chaleur, décuplée par son accoutrement, qu'en raison de l'effort qu'il déployait. En vérité sa technique s'avérait parfaitement efficace et il réussit à monter sans trop de difficultés. Une fois en haut, il réussit à s'extraire de la cheminée avec précaution et constata qu'elle débouchait sur une succession de replats étroits qui s'étageaient jusqu'au sommet du pic situé à une courte distance de lui. Il avait réussi. Il se retourna vers le vide et prit pleinement conscience de la raideur du versant qu'il venait de gravir. C'est alors que l'appréhension le saisit brutalement. Cléon s'éloigna rapidement du bord et gravit quasiment à quatre pattes les quelques mètres qui le séparaient du sommet. Juste en dessous de celui-ci, il se blottit entre deux rochers et resta là un long moment, presque prostré.

La forêt

La chaleur de la fin de journée avait beau être tout-à-fait supportable, le front de Cléon perlait de fines gouttes de sueur qui agaçaient ses sourcils et le tirèrent de la torpeur qui l'avait gagné. Il s'était presque endormi, emmitouflé dans des couches de vêtements comme un nouveau-né trop couvert dans son berceau. Il se leva et posa son anorak à terre, y vida le contenu de ses poches boursouflées et y déposa ses vêtements en surnombre. Après avoir refermé la fermeture éclair, il noua d'une cordelette le bas de l'anorak et l'extrémité des deux manches improvisant un sac sommaire qu'il jeta sur son dos en bandoulière. D'un pas presque chancelant, engourdi en tous cas, il rejoignit le sommet tout proche.

Arrivé en haut, Cléon repensa au vieil aveugle. Et à son tour, il se fit une promesse : il ne reviendrait jamais ici. Les lieux n'ont ni esprit, ni mémoire... de la bouillie pour poète, se dit-il. La joie d'avoir réussi se mêlait à une forme de dépit voire de colère contre une montagne qui lui avait fait passer un sale moment alors qu'il venait en ami. Il était pleinement conscient de l'ineptie puérile de ce raisonnement mais sa promesse tenait toujours. Ce n'étaient pas les montagnes qui manquaient de toute façon.

Un cairn imposant marquait le point culminant et Cléon choisit une pierre longue et rectangulaire qu'il mit quelques minutes à ajuster pour qu'elle tienne à la verticale sur son sommet. La fin de l'après-midi s'écoulait rapidement et il devait absolument redescendre plus bas pour la nuit. Autour de lui, tout n'était que pierraille et l'altitude – 2966 mètres selon sa montre - rendrait le froid bien plus mordant. Il devait rejoindre la forêt pour s'assurer une nuit à la belle étoile avec un minimum de confort, de la mousse ou des aiguilles en guise de matelas et du bois à volonté pour alimenter un feu. Depuis le sommet, le sentier était bien marqué et des cairns venaient régulièrement ôter le moindre doute sur l'itinéraire à suivre. Cléon entama sa descente, s'arrêta à quelques mètres, pivota sur lui-même et d'un petit caillou lancé avec adresse il abattit la grande pierre qu'il venait de déposer sur le cairn.

Ses jambes, bien qu'éprouvées par l'ascension, retrouvèrent assez vite un bon rythme et c'était tant mieux car il évaluait à deux heures de marche le temps qui lui serait nécessaire avant de rejoindre un endroit susceptible d'accueillir son bivouac. Il n'avait quasiment plus d'eau et il lui faudrait impérativement se ravitailler. La descente n'avait rien à voir avec la montée, il pouvait se mettre en pilotage automatique et se laisser guider complètement par le sentier qui traçait de grandes zébrures sur ce versant tout aussi rocheux mais beaucoup moins raide. La monotonie du paysage et de la descente entretenait une forme d'hébétement à laquelle il se laissait aller et qu'il appréciait après ces heures d'efforts et de tension. Il ne pensait pas à la nuit qui l'attendait et pendant laquelle le plus gros risque qu'il encourrait serait l'insomnie. La fatigue tirait ses cuisses et sa nuque, le tour de ses yeux chauffait légèrement et il avait la bouche sèche mais il se sentait bien, capable de marcher encore pendant des heures si le jour lui en laissait l'occasion.

Au bout d'une bonne heure, il croisa un petit ruisseau auquel il remplit sa gourde d'une eau froide et au goût métallique. Il s'épongea le front puis tout le visage et, revigoré, reprit sa descente. La terre ne tarda pas à réapparaître et avec elle de grands alpages où l'herbe proposait la halte mais Cléon continua d'un bon pas sur le sentier qui formait maintenant une ornière brune découpée et enfoncée dans le sol meuble. A son passage, les insectes décollaient ou sautaient de chaque bord, dérangés de l'endroit où ils pensaient peut-être passer la nuit. La lumière déclinante teintait la montagne de couleurs chaudes dont le contraste s'accentuait avec les zones où l'ombre déjà s'intensifiait. Il était presque vingt heures et Cléon devait penser à s'arrêter. Un quart d'heure plus tôt le sentier avait rejoint l'itinéraire qui faisait le tour du pic et Cléon avait donc bifurqué à droite pour suivre la boucle qui le ramènerait le lendemain au refuge. Le sentier longeait maintenant la forêt en la surplombant d'une vingtaine de mètres et Cléon marchait tout en essayant de repérer à sa lisière l'endroit idéal pour s'installer.

Un peu plus loin, le couvert des arbres laissait apparaître de grandes roches qui dépassaient par endroit comme de gigantesques bestioles à demi-cachées par la forêt. Un monolithe dominait de plusieurs mètres les résineux agglutinés autour de lui et semblait le gardien de ce troupeau calcaire. Cléon quitta le sentier en direction de ce roc aux teintes grises et rouille qui montrait de longues fracturations sur toute sa hauteur. Il espérait trouver dans ses environs une roche à laquelle s'adosser ou la présence de baumes qui constitueraient un abri idéal. Plusieurs pistes à peine marquées évoluaient parmi ces rochers ruiniformes qui avaient comme poussé au milieu des mélèzes et des pins à crochets aux troncs épais. Cléon déambulait en observant les lieux quand des voix assez proches lui parvinrent à travers la forêt. Il se figea et écouta attentivement pour déterminer précisément la direction d'où elles venaient. Les voix l'attiraient, il lui semblait retrouver les tonalités de celles des randonneuses qui avaient pris la fuite dans le pierrier. Il continua à s'approcher, guidé par le son qui se faisait plus net, jusqu'à une trouée parmi les arbres qui accueillait sur un bord une roche assez basse contre laquelle se découpait la forme arrondie d'une tente.

Le campement

Il avança avec précaution et s'immobilisa derrière plusieurs petits rochers qui le cachaient tout en lui permettant une vue parfaite sur le campement situé à une dizaine de mètres. Deux jeunes femmes discutaient tranquillement devant la tente, assises les jambes tendues sur des molletons encadrant un foyer de pierres où aucun feu ne brûlait encore. L'une des deux tricotait une longue écharpe de laine tout en discutant tandis que la seconde, gobelet en main, dégustait par petites touches une boisson quelconque. A nouveau, Cléon se concentra sur leur voix. Il aurait parié qu'il s'agissait bien des voix entendues plus tôt dans la journée mais il en manquait une troisième, la plus grave. Cléon balaya du regard les environs à la recherche de l'absente qui aurait pu le surprendre dans cette position indiscrète mais c'est de la tente que surgit soudain la voix grave lui confirmant de fait qu'il avait retrouvé son mystérieux trio.

- Qu'est-ce qu'on avait dit déjà pour ce soir, riz ou pâtes ?

Les deux jeunes femmes, absorbées par leur discussion, ne se donnèrent même pas la peine de répondre. Après quelques minutes, une tête aux longs cheveux bruns et fendue d'un large sourire émergea de la tente.

- Ce soir la maison vous propose riz ou pâtes...

- Choisis ce que tu veux, c'est ton tour et ce sera très bien ! répondit l'une des deux restées dehors.

Ainsi, c'étaient trois jeunes femmes. D'où il se trouvait, il avait l'impression de trois silhouettes identiques, des cheveux bruns jusqu'aux épaules et arrangés diversement - l'une avait une queue de cheval tandis que l'autre les portait libre, la troisième avait à nouveau disparu dans la tente - une taille moyenne et des corps souples et sveltes. Aucun signe distinctif ne lui sautait aux yeux. Trois amies ou trois sœurs, peut-être ? Cléon hésitait, la tentation de les rejoindre, aiguillonnée par sa curiosité naturelle, montait en lui. C'était l'occasion de revenir sur l'incident de ce matin et de savoir comment elles l'avaient vécu de leur côté. C'était surtout l'occasion de boire un verre en bonne compagnie s'avoua-t-il. Il aurait bien le temps d'aller se rouler en boule au pied d'un arbre comme un vieux sanglier alors qu'un peu de chaleur humaine terminerait agréablement la journée.

Cléon recula doucement pour éviter de trahir sa présence par un geste maladroit. Il avait décidé de revenir sur ses pas sur une bonne centaine de mètres avant de s'avancer à nouveau en direction de la tente en faisant le plus de bruit possible. Il ne voulait pas les surprendre et quelques branches cassées volontairement ou le battement forcé de sa gourde contre sa hanche suffiraient peut-être à les avertir. Il avait même hésité à chantonner mais renonça, cela ferait trop. Quand il déboucha dans la trouée qu'elles avaient choisie comme lieu de bivouac, il se rendit compte qu'elles n'avaient pas du tout entendu son approche entièrement couverte par le bruit animé de leur conversation et elles se figèrent, légèrement surprises, après avoir tourné la tête dans la direction du bonjour qu'il leur avait lancé. Trois têtes brunes le fixaient. L'une souriait franchement, la deuxième était impassible, la troisième contrariée. Pas absolument gagné, se dit Cléon en s'avançant.

- Bonjour, répéta-t-il, désolé de vous déranger et excusez ma curiosité mais ce n'était pas vous ce matin sur le pierrier de l'autre côté du pic ?

Cléon n'avait pas trouvé d'entrée en matière plus subtile. Leur demander quelque chose à boire ou à manger l'aurait trop gêné mais moins que de leur proposer directement de partager un moment avec elles. Il venait perturber la soirée qu'elles avaient tranquillement entamée et il marchait sur des œufs.

- Mais si, c'était nous, répondit immédiatement la tête souriante, comment vous le savez ?

Cléon avait préparé sa réponse car il ne voulait pas révéler qu'il se trouvait juste au-dessus d'elles au moment de l'incident. Cela aurait été difficile de leur faire admettre qu'il n'y était pour rien et qu'il avait seulement subi comme elles la chute de pierre. Il avait donc modifié un peu les circonstances leur expliquant que c'était depuis la crête où passait le sentier pour rejoindre le pic qu'il avait entendu le bruit de l'éboulement et qu'il les avait vues partir en courant. Après son court récit, l'impassible dont le visage s'était animé, lui proposa de s'asseoir et elles lui livrèrent à trois voix leur version de la matinée. Cléon fut à nouveau frappé par l'harmonie qui se dégageait de leur voix. Les tonalités se complétaient et formaient un chœur a cappella à la cadence vive où s'entremêlaient une contralto et deux mezzo-sopranos pour une musique riche et légère. Leurs phrases se succédaient et se répondaient sans se couper. D'elles émanait une complicité évidente et profonde accentuée par leur grande ressemblance. Maintenant qu'il était assis face à elles, Cléon pouvait les détailler à loisir et commençait à percevoir malgré tout des différences qui ne tenaient d'ailleurs pas tant à leur physique qu'à leur personnalité. Elles se nommaient Marta, Nona et Cima et étaient effectivement sœurs. Elles entreprenaient chaque année un séjour plus ou moins sportif de quelques jours ensemble, l'année dernière, cela avait été un tour en vélo le long de côtes sablonneuses, cette année, c'était randonnée en montagne. Marta, la plus âgée, affichait aussi la mine la plus sévère, c'est elle qui avait semblé agacée par l'irruption de Cléon même si elle s'était depuis adoucie et manifestait en tout cas un sens de l'hospitalité poli. Nona et Cima, avec sa belle voix grave, s'étaient montrées immédiatement plus détendues et plus accueillantes. Elles arboraient toutes les deux le même tee-shirt dont seule la couleur variait, rose pour Nona et bleu pour Cima, et sur lesquels scintillaient de grosses étoiles dorées brodées en relief. L'effet pouvait paraître un peu kitsch mais Cléon trouvait cela charmant sans que l'on sache précisément s'il était convaincu par les jeux de couleurs ou par les mouvements de poitrine qui faisaient danser les étoiles jusque dans ses yeux. Les trois sœurs portaient chacune une bandelette de tissu blanc et doré qui renforçaient encore leur similitude, celle de Cima lui ceignait le front, une autre nouait la queue de cheval de Nona tandis que la troisième pendait au cou de Marta.

Évidemment Cléon n'avait plus du tout l'intention de s'isoler dans les bois. L'épisode dangereux vécu dans la matinée ne semblait pas avoir traumatisé les trois jeunes femmes qui l'avaient raconté sur un ton enjoué, riant de leur peur et de leur cavalcade maladroite dans les cailloux. Elles n'avaient pas conscience d'avoir frôlé un risque mortel ou plutôt elles semblaient l'accepter comme un fait sur lequel elles n'avaient pas de prise et qui par nature appartenait au passé. Elles avaient deux fois raison mais Cléon s'étonnait malgré tout de leur résilience si tranquille. Cima lui adressait des sourires francs que Cléon traduisait en s'emballant par des « ne t'inquiète pas de ma sœur, je suis là et tu es le bienvenu ». La convivialité augmentait proportionnellement au niveau en chute libre d'une bouteille de vin qui remplissait en continu les gobelets de plastique rouge. Marta avait assemblé et démarré d'une main experte un petit feu pour contrer la fraîcheur du soir et les sombres manœuvres de l'obscurité qui décréterait bientôt l'horaire tardive. Cléon tout en participant à la conversation, réfléchissait à toute vitesse à comment s'incruster définitivement pour la nuit avant de se faire poliment congédier. Et ce fut encore Cima qui vint à son secours.

- Et toi, tu es installé pas loin du coup ?
La perche était tendue et Cléon la saisit à deux mains de peur qu'elle ne lui échappe.
-Euh non, en fait, je cherchais un endroit où passer la nuit quand je suis tombé sur votre campement.
- Mais tu n'as pas d'autres affaires que ça, insista Cima, le regard tourné sur son anorak roulé en boule ?

- Et bien en fait, j'ai dû abandonner mon sac dans la montagne.

Elles le regardèrent interloquées et attentives. Et Cléon raconta son aventure en essayant de doser savamment la bravoure dont il avait fait preuve et l'énergie que cela lui avait coûté pour que les trois sœurs bousculent définitivement leur plan de la soirée et l'invitent à rester parmi elles.

- Tu peux rester manger avec nous, proposa Marta

- Et même dormir ici, ajouta Nona

- Oui, il y a de la place sous l'auvent de la tente, conclut Cima

Les deux sœurs regardèrent la troisième. Si elles n'avaient pas pensé pousser l'hospitalité aussi loin, imaginant qu'une place autour du feu serait suffisante, elles n'en laissèrent rien paraître. Cléon souriait intérieurement et extérieurement.

- Avec plaisir, répondit-il simplement.

Les lunes

Maintenant que sa place autour du feu était gagnée, il se désigna volontaire pour une corvée de bois car la réserve constituée hâtivement par les trois sœurs s'amenuisait rapidement. Il s'éloigna du campement pour fureter parmi les arbres. Il s'agissait également d'une politesse tactique de sa part, il voulait tout à la fois leur démontrer qu'il ne serait pas un fardeau malgré ses poches vides et leur laisser un moment à elles pour qu'elles puissent s'accorder pleinement sur l'accueil à lui réserver afin que l'ambiance de la soirée ne pâtisse pas d'une improbable mésentente.

La lune pleine éclairait le sous-bois et lui permit de faire facilement une jolie récolte de branches mortes. Tout en marchant, il repensait aux montagnes russes qu'il avait parcourues pendant toute cette journée. Journée qui se finissait d'ailleurs bien mieux que ce qu'il avait imaginé : un feu au milieu d'une clairière accueillante et en compagnie de trois jeunes femmes au charme fou, un charme discret pour Nona, un peu impressionnant pour Marta et incandescent pour Cima. Il devait bien s'avouer subjugué par le spectacle délicieux qu'elles offraient toutes les trois. Leur vivacité et même leur vigueur n'empêchaient pas une constante délicatesse dans leurs mouvements qui comme leurs voix se complétaient dans une chorégraphie simple et harmonieuse sans jamais se gêner. Leurs prunelles noires et intenses brillaient d'une intelligence et d'une malice que leurs rires bienveillants venaient désamorcer. Même Marta, qui lui avait semblé au départ la plus fermée, se révélait d'une compagnie très agréable. Elles formaient aux yeux de Cléon un tableau si parfait qu'il se demanda un instant quel piège ou quel terrible secret cachaient ces trois sirènes. Mais il évacua rapidement cette pensée, confiant dans leur humanité et bien décidé à se soumettre à la tentation.

Il les rejoignit, reprit sa place autour du cercle de feu et fut à nouveau immédiatement happé et ravi par le ballet de leurs bras encore nus au-dessus des flammes et par la palpitation ardente de leurs gorges. Il gardait en secret une attention particulière pour Cima à laquelle il réservait une part disproportionnée de ses regards. Elle lui renvoyait ses sourires sans toutefois qu'il n'y décèle aucune intention particulière. Comment l'aurait-il pu d'ailleurs ? Comment déchiffrer cette langue inconnue faites de commissures et d'esquisses et dont l'interprétation est infinie ? Cléon, engourdi par la chaleur du feu et par le roulis de la conversation, se satisfaisait pleinement de la contemplation. Aucune signification ne lui était nécessaire. Il ne savait pas ce qui se jouait ce soir et probablement rien mais il goûtait le plaisir simple du vivant.

La montagne les rappela bientôt à l'ordre. Les efforts physiques avaient été intenses tout au long de la journée et la nuit les avait encore un peu plus étourdis en tombant. L'ambiance chaleureuse ne résista pas longtemps à la fatigue et assez tôt tout le monde partit se coucher. A nouveau, Cléon fit un tour sous le clair de lune. Les jeunes femmes pourraient s'apprêter plus tranquillement. Pour lui, les choses seraient vite faites, se coucher sous l'auvent et se couvrir de son anorak en guise de couverture. Il ne s'attendait pas à une bonne nuit mais il s'en fichait royalement. Le hululement d'un grand-duc vint ponctuer sa promenade nocturne. Demain, il rejoindrait le refuge et entamerait sa descente vers la vallée, il n'avait plus vraiment les moyens de poursuivre son séjour en montagne et cette soirée l'avait de toute façon conclu en beauté. D'une certaine manière, c'était moins la perte de ses affaires que la rencontre de ces jeunes femmes qui signait la fin de son aventure.

Il regagna la tente où le calme s'était fait. Les filles s'étaient couchées et discutaient tranquillement d'une voix ensommeillée. En se glissant sous l'auvent, Cléon leur adressa un timide bonne nuit auquel elles répondirent à l'unisson. Il les avait remerciées et prévenues de son départ qui serait sûrement assez matinal. Il aurait voulu voir dans le dernier regard de Cima un éclat particulier mais l'obscurité en avait gardé le secret.

La fatigue prit le pas sur l'inconfort de son couchage et l'humidité qui remontait du sol et il s'endormit rapidement. Le reste de la nuit fut hachée, les rêves de femmes-oiseaux incorporaient la réalité des chuintements sonores des chouettes. Il se réveilla à de nombreuses reprises. A chaque fois, il en profitait pour écouter les ronflements légers de ses voisines et le bruissement de leurs jambes à l'intérieur des duvets. Le froid était supportable mais il aurait quand même donné très cher pour se glisser dans la tente et s'abandonner à la chaleur envoûtante qui devait y régner.

Avant le lever du jour, les trois sœurs sortirent successivement et à intervalles réguliers. Il ouvrait un œil tandis qu'à quatre pattes, elles dézippaient chacune à leur tour la fermeture éclair de la tente. Lorsqu'elles franchissaient l'entrée, leurs culottes blanches tendues sur leurs fesses rebondies ajoutaient systématiquement une lune dans le ciel. Au retour de la troisième, et tandis qu'il feignait de dormir, il sentit une main réajuster son anorak pour mieux lui couvrir le cou et cette même main lui effleurer la joue. Geste involontaire ou non, geste réel ou rêvé, il attribua évidemment cette caresse à Cima.

Le retour

La rosée nappait les pelouses comme au lendemain d'une fête l'été où l'on déambule entre les tables dressées dans le jardin et la lumière naissante, la tête résonnant encore des rires et de la musique, les tempes un peu serrées et la bouche sèche. La fête avait été belle la veille et Cléon partait le sourire aux lèvres bien qu'un peu nostalgique déjà de la présence des trois sœurs. Il pressentait que cette rencontre allait le hanter et alimenter ses fantasmes pendant longtemps. Il regagna le sentier non sans avoir salué l'impressionnant monolithe, gigantesque flèche de pierre, pointe de désir, profondément enfoncée dans le sol, égarée dans les bois après avoir manqué sa cible.

Cléon s'absorba dans le rythme régulier de la marche, conscient de la mélancolie qui menaçait, il ferma les yeux pour s'obliger aux sensations immédiates et tangibles, le parfum vivifiant des pins, la gaieté du chant du pinson et la course clapotante d'un petit torrent que le sentier longeait maintenant. C'était une journée de conclusion, ou plutôt de transition. Ce soir, il aurait quitté la montagne. Il voulait repasser au refuge, se payer un bon repas et y abandonner la montre qui lui avait servi de mètre-étalon. Elle avait été un compagnon de circonstances qui appartenait à cette histoire. Contrairement à lui, elle devait rester dans la montagne, être recueillie à nouveau et parcourir d'autres sentiers, gravir d'autres sommets et faire d'autres rencontres. Cléon la sortit de sa poche. Elle indiquait 2157 mètres. C'est finalement au refuge qu'il franchirait la barre symbolique et qu'il redescendrait vers la civilisation. Il y était prêt maintenant.

Les cailloux roulaient sous ses pas et des coups de pied vigoureux projetaient régulièrement des pommes de pin dans les ornières de la piste forestière qu'il avait rejointe. Le long ruban de terre tassée formait une vilaine cicatrice qui s'élargissait régulièrement sur ses bords pour ménager des places où les fûts de bois débardés pourraient être stockés. La piste serpentait en longs virages à travers la forêt et les intersections se multipliaient au fur à mesure de la descente.

Des barrières de métal peintes en vert et abaissées en travers de la piste en interdisaient l'accès aux véhicules qui ne pouvaient aller beaucoup plus loin que le refuge.

Cléon passa une dernière barrière. A une cinquantaine de mètres sur sa droite, un parking sommaire avait été aménagé en rabotant à la pelle mécanique le bord du chemin forestier. De chaque côté de ce même chemin, des sentiers couraient encore dans le sous-bois pour tous ceux qui préféraient retarder au maximum le retour aux boulevards. Sur le parking, deux véhicules tout terrain stationnaient côte-à-côte. Cléon s'approcha et fut saisi par l'odeur de graisse et de gasoil froid, les plateaux arrière étaient encombrés de caisses métalliques agencées pour transporter des chiens de chasse et sur le siège avant de l'un deux trônait une casquette orange fluo. Cléon tourna la tête mais personne n'était en vue. Sans réfléchir, il sortit son couteau, s'agenouilla et porta rapidement un coup de lame dans chacun des pneus arrière entre lesquels il s'était glissé. Il avait été saisi d'une impulsion incontrôlable et joyeuse, s'il en avait eu le temps, il l'aurait fait en sifflotant comme un des nains qui rentre du boulot. C'était un geste absolument gratuit mais qui, selon Cléon, répondait à d'autres gestes innombrables et tout aussi gratuits. A chacun ses armes, pensa Cléon. Lorsqu'il se releva, il aperçut quelques mètres au-dessus du parking sur le sentier qui longeait le sous-bois la silhouette de Daphné qui le regardait fixement. Ils échangèrent un regard. Daphné avait vu son acte vandale, cela ne faisait aucun doute. Cléon avait encore son couteau à la main et Daphné avait forcément perçu le sifflement soudain de l'air libéré et l'affaissement des véhicules. Sans un mot, Daphné se détourna et partit.

Cléon s'éloigna rapidement à son tour. Le regard de Daphné lui avait pesé comme un reproche muet. Il était finalement un peu penaud de son coup de sang irréfléchi. C'était un acte inutile qui ne changerait rien à la tranquillité de l'ours. C'était surtout un acte égoïste dans lequel il avait concentré tout son dépit de laisser Cima derrière lui.

Cléon arriva en vue du refuge. Il rejoignit la fontaine à laquelle il se désaltéra longuement et où il fit un brin de toilette. Il scrutait les alentours dans l'intention de trouver l'endroit adéquat pour y laisser la montre. La cache ne devait être ni trop évidente, ni trop discrète. Et il fallait protéger la montre des intempéries jusqu'à ce qu'elle soit à nouveau récupérée. A proximité, un poteau indicateur donnait les temps de différentes randonnées du secteur. A son pied, un amoncellement de pierres formait l'endroit idéal. Cléon déposa cérémonieusement la montre entre deux pierres. Il se redressa et regarda la terrasse du refuge à laquelle il avait d'abord pensé s'arrêter. Au-delà, la piste plongeait vers la vallée. Il était encore tôt et son corps plein d'énergie réclamait une suite.

Il laissait l'ours à la montagne et partait à la recherche du sourire de Cima.

Franck Loyat, Lodève, avril 2021